실패의 순간,
치트키 독서

실패의 순간, 치트키 독서

펴 낸 날 2024년 5월 27일 초판 1쇄

지 은 이 이혜주
펴 낸 이 박지민
책임편집 윤주서
편 집 김정웅, 민영신, 이경미
책임미술 롬디
마 케 팅 박종천, 박지환

펴 낸 곳 모모북스
서울특별시 동대문구 왕산로81, 203-1호(두산베어스 타워)
전화 010-5297-8303 팩스 02-6013-8303
등록번호 2019년 03월 21일 제2019-000010호
e-mail pj1419@naver.com

ISBN 979-11-90408-57-8 03810

실패의 순간,

치트키 독서

이혜주 지음

목차

PART 1.

책으로 변화된 인생

1 무능한 나를 마주할 때 11

2 힘들었던 그때, 기억 안 나? 18

3 직업 빼고 자기소개하기 25

4 선택과 집중, 레버리지 33

5 경제적 감각을 키우며 재테크를 시작할 때 41

6 결혼, 굴레인가 구원인가? 50

7 육아라는 고비 앞에서 57

8 모두 나와 이야기하고 싶어 해 64

9 사랑에 정말 힘이 있을까? 72

PART 2.

도서 인플루언서의 독서, 그리고 기록법

1 왜 도서 인플루언서가 되었나? 83

2 네이버 인플루언서의 혜택 89

3 네이버 인플루언서 어떻게 되나요? 95

4 내 콘텐츠 찾아 집중하기 100

5 독후감이든 서평이든 써야 하는 이유 105

6 책 언제 읽나요? 110

7 책 어떻게 읽나요? 116

8 책 읽고 리뷰 쓰는 법 122

9 좋은 문장 수집, 관리하는 법 129

10 필사, 나의 마음을 발견하는 순간 134

11 즐거운 독서와 기록을 위한 장비들 140

12 읽고 쓰는 사람이라는 정체성이 지속하게 한다 147

13 일상에서 독서와 기록을 실천하는 법 153

PART 3.

우리 함께 읽어요

1 어떤 행동의 시작은, 질투 163

2 독서 모임 어떻게 시작했나요? 168

3 읽고 사유하고 기록하는 독서 174

4 좋은 책 선정하는 법 179

5 책에서 질문하고 답을 찾기 185

6 구슬을 꿰는 힘, 생각의 힘은 어떻게 기를까? 191

7 함께 읽으면 좋은 점 197

8 독서 모임으로 달라진 점 203

9 나와 잘 맞는 독서 모임 찾기 208

10 독서 모임을 만들고 싶다면? 214

PART 4.

책으로 주도적인 삶 살기

1 독서가 무용한 일이 되지 않게 223

2 읽다 보면 쓰고 싶다 228

3 돌봄과 일, 균형은 무엇인가? 234

4 퇴사, 내 이야기로 채우고 싶어서 240

5 생산자의 마음으로 본 독서와 글쓰기 245

6 때때로 외로운 것은 당연하다 250

7 혼자서도 성장할 수 있을까? 255

8 삶의 다양성을 인정해야 내 삶의 주인이 된다 260

part 1

책으로 변화된 인생

1

무능한 나를 마주할 때

문제가 생겨도 해결하려는 마음이 없었다. 천재지변같이 어쩔 수 없는 상황이 모든 것을 종료시켜 주었으면 하는 무책임한 생각뿐이었다. 결혼, 육아 휴직을 통해 잠시나마 회사를 떠나 있을 수 있었지만, 복직 후엔 홍수와 폭우가 나의 출근을 저지시켜 주었으면 하는 마음으로 끌려가듯 출근했다.

직장에서 매일 무능한 나를 마주하던 때였다. 복직 후 맡게 된 새로운 업무가 익숙하지 않았기 때문이다. 하지만 부족한 업무 공부는커녕 퇴근 시간이 되기 전부터 짐 싸기 바빴다. 무능한 나를 마주하는 괴로움과 아이를 돌봐야 한다는 의무감을 동시에 느끼는 나의 얼굴은 늘 어두웠다. 일하는 나도 엄마로서의 나도, 어느 하나 맘에 들지 않던 시간이었다. 되는대로 휩쓸려가는 삶을 살았다.

휴직 전의 감각을 회복하기는커녕 같은 일을 몇 번씩 묻는 귀찮은 사람, 무용의 사람이 된 것 같은 기분은 생각보다 비참했다. 휴직이라는 공백이 느껴지지 않을 만큼 탁월하다는 소리를 듣고 싶었는데 생각대로 되지 않았다. 잘하고 싶은 욕심이 컸기에 나락으로 떨어지는 속도가 그 어느 때보다 빠르게 느껴졌다.

'아이 둘 케어하며 직장 다니는 것 자체가 어려운 거잖아. 이 정도면 됐지, 뭘 더 바라겠어…….'

상황을 바꾸고 노력하기보다 체념하는 편이 쉬웠다. 하지만 그럴 때면 어김없이 나를 비난하는 목소리가 들렸다. '너는 집에서 육아도 힘들어하더니 나오니 더 한심하네? 원래

직장 생활 힘들어했잖아……. 노력할 거 없어. 어차피 넌 회사 체질이 아냐.'

자존감이 떨어지니 부족함을 채워야겠다는 의욕도 생기지 않았다. 어떤 업무든 자신이 없었고 실수가 잦았다. 실수를 반복하니 주눅이 들었고 출근이 싫어지는 악순환이었다. 그때 내가 할 수 있는 일은 출근하고 있다는 생각을 하지 않기 위해 책을 보거나 팟캐스트를 듣는 일뿐이었다. 자기 계발이나 성장을 목적으로 한 것이 아니었다. 회사 생각을 하지 않기 위해 랭킹 된 팟캐스트를 그저 듣기 시작했다. 그게 마침 책을 소개해 주는 채널이었다. 바로 책을 읽지는 않았다. 아무 생각 없이 듣기만 하다 간혹 편집자의 추천이 궁금해 한 권씩 서서히 읽기 시작했다.

책에는 나처럼 부족한 사람들의 허우적거림이 많았다. 청소하는 사람, 우울증을 겪고 있는 사람, 직장에서 적응하지 못한 사람 등 드라마틱한 삶의 변화가 없어도 지금 그대로의 삶을 감당하고 있었다. 나만 이런 게 아니라는 위안과 때로는 닮고 싶은 사람을 만나기도 했다. 시공간의 제약이 많은 워킹맘에게 현실이 아닌 다른 차원의 세상으로의 도피가 가능한 가장 손쉬운 방법은 책이었기에 출퇴근길, 점심시간까지 책을 읽었다.

《저 청소일 하는데요?》의 김예지 작가는 청소일로 돈을 벌고 일러스트레이터로 자아실현 한다고 말했다. 돈과 자아실현, 두 가지 모두를 자랑스러워하는 느낌이었다. 월급만 기다리며 겨우겨우 출근했던 내게 과연 너의 책임은 무엇이며, 즐거움은 무엇이냐고 묻는 것 같았다. 저자는 책임감이 나 자신을 독립적으로 만들고 성실함은 나에게 자신감을 주며, 꾸준함은 내가 나를 믿게 만든다고 했다. 무능하다고 느끼는 영역에 얼마의 성실함과 책임감을 투입했는지 생각했다. 남과 비교하고 타인의 평가에 신경쓰느라 정작 내가 해야 하는 노력은 하지도 않고 무능하다고만 느끼고 있었던 게 아닐까? 스스로를 기특하게 여기고 자신감 있는 태도를 갖기 위해서는 대단한 성취가 필요한 게 아니라 사람들에게 먼저 다가가 질문하며 도움을 받는 것이 시작일 수 있다.

타인이 내 인생을 구원해 주기만을 기다리며 무능함을 합리화했던 나는, 내 속도를 찾기 시작했다. 어떻게든 어물쩍 넘어가면 그만이라고 생각하던 내가 어려움을 정직하게 직면하려는 마음이 생긴 것이다. 생각보다 어리숙하다는 평가를 두려워하지 않고 질문했고, 매뉴얼을 읽고 또 읽으며 맡은 일을 온전히 내 책임으로 껴안았다. 느린 시간에 마음 쓰지 않고 나만의 악보대로 연주하기 시작했다. 반드시 내가 연주할 수 있는 나만의 곡이 완성되리라는 믿음을 가지고 말이다.

무능하다는 생각에 위로를 줬던 책들

지금의 나로 충분하다(이소은), 수오서재

직장을 그만두면 평안이 찾아올 것 같고, 집에서 탈출하면 살 것 같지만, 아니다. 누구보다 최선을 다해 살았던 저자 역시 모든 일에 그 나름의 안정과 불안정이 존재한다고 말한다. 결국 자신의 자리에서 우선순위를 정하고 능동적인 선택을 하는 게 최선인 것이다. 그럴 때마다 시도할 수 있는 용기, 내 삶을 스스로 디자인하고자 하는 의지, 흔들림마저 감당하려는 자세로 살면 된다고 위로하는 책이라 추천한다.

가난해지지 않는 마음(양다솔), 놀

때론 나 자신도 믿지 못해 다른 누구보다 나를 설득해야 할 때가 있다. 쉽지 않은 시간에 편지를 꾹꾹 눌러쓰면서 주문을 외웠을 저자의 모습이 꼭 내 모습 같았다. 그럼에도 비극은 이야기 자체가 아닌 앵글에 있으니, 시선을 돌려 희망의 순간을 생각하고 내가 할 수 있는 일을 하는 저자의 삶에서 실제적인 위로를 받았다.

애매한 재능(수미), 어떤책

대단한 재능이 아니어도, 흔해 빠진 평범한 사람으로 살아도 범재凡材인 나의 그릇을 아름답게 느끼게 하는 일상의 깨달음이 좋았던 책이다. 때로는 무섭게 평범한 하루가 그 어떤 특별한 날보다 대단하게 느껴진 경험 있지 않은가?

2

힘들었던 그때,
기억 안 나?

업무의 담당자가 휴가를 갔을 때 그 업무를 일시적으로 대신할 사람을 대무자라고 한다. 잠시 자리를 비울 때는 담당자가 없다고 양해를 구할 수 있지만, 며칠 자리를 비울 때는 대무자와 휴가 날짜를 반드시 협의해 업무 공백이 생기지 않게 해야 한다. 그런데 불가피한 일이 생겼다. 대무 관계이던 나와 동료의 휴가가 일주일이나 겹친 것이다. 수개월 전 예약한 해외여행이 대무자의 휴가 일정과 같으리라고 누가 예상했겠는가! 상황을 알게 된 상사는 언짢아했지만, 어쩔 수 없다고 했다. 동료는 태평했고 휴가가 겹친다는 것을 안 날부터 휴가를 떠나는 날까지 좌불안석인 사람은 나뿐이었다.

"환불 불가 상품이라 싸게 샀거든요. 제가 여행을 취소할 수 있으면 좋은데……. 휴."

하나 마나 한 이야기를 매일 주절거렸다. 누군가 '괜찮다, 신경 쓰지 마라.'라는 이야기를 해주길 바랐기 때문이다. 나와 동료는 예정대로 같은 기간 휴가를 떠났다. 팀장님이 업무를 조정해 처리해 주셨고 속마음은 모를 일이었지만 겉으로 문제 삼는 사람은 없었다. 9개월간 나는 왜 그토록 혼자 전전긍긍했을까?

나의 성실함과 희생을 알아주길 바랐기 때문이다. 이토록 상사와 동료에게 안절부절못하는 나와 달리 미안함을 느끼지 않고 휴가를 내는 직원을 질책해 주기를 바랐다. 타인의 평가에 스트레스를 받으면서도 한편으로 그 평가로 안정감을 얻었던 나는 남들과 경쟁해야 했으니 필연적으로 누군가를 깎아내려야 했다.

하루 이틀 휴가도 눈치 보며 말하곤 했다. 지금은 구두 보고를 하지 않고 시스템으로 결재를 받으면 된다고 하지만, 나는 꼭 이유를 구구절절 설명하는 사람이었다. 연차가 쌓이며 휴가 정도는 원하는 때에 쓰는 사람이 됐지만, 나의 태도가 크게 바뀌진 않았다.

정당한 휴가를 계획하고도 쩔쩔매던 나와 다르게 징검다리 연휴에 아무렇지 않게 나보다 먼저 휴가 일정을 잡는 직원이 많아졌다. 육아 시간이라는 제도를 한 번도 쓰지 않았던 나와 다르게 늦게 출근하고 일찍 퇴근하는 동료가 늘어났다. 내 눈은 점점 가자미눈처럼 가늘어졌다.

나와 같지 않은 동료와 내 지난 시절 같지 않은 후배들을 향한 짜증스러운 마음이 생겼다. 양해를 구하면 신입 시절 그토록 원했던 편안하고 괜찮은 마음을 내가 '주고' 싶었는데 그들은 스스로 편해졌다는 사실이 나를 불편하게 했다.

어렵게 꺼낸 휴가 이야기에 허락도 거부도 하지 않는 무표정한 상사의 얼굴, 모르는 것을 물으면 편람便覽 찾아봤냐고 되묻던 사무적인 말투의 팀장님이 자꾸 생각났다. 그들의 모습과 지금의 나, 과연 다를까?

김세희 작가의《가만한 나날》에 실린 단편들은 누군가의 처음을 여러 빛깔로 다루고 있었다. 결혼도 아닌 동거도 아닌 단지 저금리를 이용해 주거를 해결하는 청년들이 직장에서는 기쁨도 사명도 없이 기계적으로 일하고 있었고 기대를 품고 입사한 직장에는 경쟁뿐이었다. 나의 시간도 크게 다르지 않았으니 20대에서 30대까지 지나온 페이지가 스르륵 펼쳐졌다 .

주인공 경진의 모습에서 20대, 사회 초년생의 전전긍긍하던 나를 발견했다. 자신의 기분을 알아주는 사람과 이야기를 하는 것만으로도 숨통이 트일 것 같다는 경진의 말이 지금의 내게 도움을 요청하는 말로 다가왔다. 신규, 주니어, 시니어 또는 사회 초년생과 능숙한 직장인의 경계는 생각처럼 명확하지 않았다. 분명 내가 겪었던 어려움을 다른 이는 겪지 않았으면 했는데 다른 이의 어려움을 보려는 여유가 저절로 생기지는 않았다. 일부러 마음을 내고 시간을 써서 상대의 상황이 어떠한지 보려는 노력이 필요했다. 지난 시절을 까맣게 잊었던 내게, 소설은 말을 건다.

기억 안 나? 그 시절의 너, 누군가가 괜찮다고 말해주었으면 했잖아. 겉으론 무표정한 얼굴로 아무렇지 않은 척했지만 내일에 대한 기대가 없었던 그때의 내가 떠올랐다.

직장 생활, 버티고 견디고 관계에 도움이 된 책들

신경 끄기의 기술(마크 맨슨), 갤리온

우리한테 일어나는 일을 우리가 전부 통제할 수는 없지만 그 사건을 어떻게 해석하느냐, 그리고 거기에 어떻게 대응하느냐는 언제나 우리 마음에 달려 있다고 알려 주는 책이다. 직장에서 수많은 사람의 눈치를 보며 살았던 내게 어떤 것에 집중하고 신경을 꺼야 하는지 돌아보게 했던 책이라 추천한다.

일하는 마음(제현주), 어크로스

좋은 사람이 되기 위해 일을 하는 것은 아니지만, 일을 잘한다는 것이 궁극적으로 더 좋은 사람이 되게끔 이끌어 주지 않는다면 굳이 일을 잘하려고 애쓸 필요가 있을까? 라는 질문을 던져준 책이라 좋았다. 회사에선 일 잘하는 사람이 좋은 사람이란 말을 하는데 그 말보다 훨씬 인간적이면서 나도 일 잘하는 좋은 사람이 돼야지 하는 목표를 갖게 했던 책이라 추천한다.

관계를 읽는 시간(문요한), 더퀘스트

'내 맘 같지' 않은 사람들과의 관계를 생각하는 데 도움이 됐던 책이다. 무작정 가까워지고 싶어 했던 내게 '건강한 거리'를 찾는 것이야말로 나답게 살아가는 힘이 된다고 알려 주었다.

3

직업 빼고 자기소개하기

새로운 사람을 만나거나 모임에 참여하게 되면 으레 자기소개가 이어진다. 다 기억하지 못해도 어떤 사람과 함께 하는지 알기 위해 형식적인 인사를 나눈다. 이 시간은 어색할 수밖에 없다. 나라는 사람을 몇 문장으로 소개할 수 없을뿐더러 스스로도 잘 알지 못하기 때문이다.

전체적으로 어색한 분위기가 싫을 뿐 자기소개가 힘들지는 않았다. 모임의 목적에 따라 아이의 연령을 말하기도 하고 취미를 말하기도 하고 직업과 현재 하는 일을 말하기도 했다. 이야기를 나누다가 "공무원이세요?" 하고 물어오면 "네."라는 한마디에 묘한 뿌듯함을 실어 말하기도 했다. 사명감 같은 건 없으면서 공무원이라는 직업이 나의 성실성을 말해준다고 생각했기 때문이다.

하지만 공무원은 나의 직업이지 나를 대표하는 말이 될 수 없었다. 직업에 소명 의식이 있는 사람, 현재 하는 일에 가슴이 뛰는 사람이라면 직업을 빼고서 자신을 설명할 수 없겠지만 나는 그런 경우가 아니었다. 아이의 연령도 마찬가지다. 누가 아이의 나이를 물을 때 하는 답이지 그것이 내 소개가 될 수 없다. 그렇다면 나는 나를 어떻게 소개해야 할까? 지금 읽고 있는 책이 그 사람을 말해준다고도 하고, 돈을 쓰는 곳이 그 사람의 현재 관심사라는 말도 있으니 나의 돈과 시간의 쓰임을 살펴봤다.

9시부터 6시까지 직장에서 보내는 시간 8시간, 잠자는 시간 8시간, 출퇴근 준비 및 이동에 쓰는 시간 4시간, 식사 시간

2시간, 집에서 아이와 보내는 시간 2시간. 직장 및 취침, 식사 시간을 제외하면 이동시간(4시간)과 집에서 쉬는 시간(2시간)인데 이 시간이 나를 설명할 수 있을까? 시간 안에 들어 있는 나의 모습을 떠올려봤다. 설명할 수 있을 것 같았다. 이 시간에 내가 하는 일이 너무나 명확하기 때문이다. 바로 책 읽기!

출퇴근을 위한 이동 시간과 아이와 함께 있는 2시간은 언제 책을 읽냐는 질문에 가장 확실하게 답할 수 있는 시간이다. 출퇴근 시간은 물론이고 특별히 아이와 무엇을 할 필요가 없다면 이 시간은 거의 항상 침대에서 책을 읽었다. 그렇기에 나의 우선순위가 무엇인지 알 수 있었다. 왜 이런 자투리 시간까지 모아 책을 읽는 것일까? 도대체 책이 뭐길래.

도피하고 싶어서였다. 직장 생활이 힘들고 인간관계가 지긋지긋했지만 매일 징징거릴 수 없었다. 투덜거려서 달라질 수 있다면 24시간 불평불만을 늘어놓겠지만 그럴수록 나에 대한 평가만 나빠질 뿐이라는 걸 알고 있기에 현실을 잊고자 책으로 숨었다. 너무 힘들 때는 점심시간에도 책을 읽었으니 과장하자면 하루 6~7시간 책을 읽었다. (아이가 어느 정도 큰 후에는 아이와 함께 있을 때도 책을 읽거나 아이들이 읽은 책을 가지고 이야기를 나눴으니 거의 책과 함께한 시간이라고 할 수 있다.)

두 번째는 새로운 가능성을 찾고 싶어서다. 책으로 도망갔지만, 언제까지 도망 다닐 수는 없었다. 싫어하고 미워하면서 참고 견디는 삶 말고, 그러다 보니 괜찮아졌다는 그런 삶 말고 다른 가능성이 있는지 궁금했다. 퇴사한 사람들의 이야기는 어떤지, 직장에서 기쁨을 발견하는 사람들의 이야기는 어떤지, 경험하지 못한 다른 세계의 삶에는 내가 모르는 무슨 이야기가 있을지 궁금해 책을 읽었다.

마지막으로 나와 타인을 이해하고 싶어서 책을 읽었다. 나는 공감을 모르는 사람이었다. 내 기분과 상황만 알았지 나와 다른 타인의 마음과 상황이 있으리라곤 생각하지 못했다. 내 감정과 상황이 표준이라고 생각하고 타인도 나와 별반 다르지 않을 거라 생각했는데 너무나 큰 착각이었다.

꽉 막힌 모범생, 그러니까 어른들이 하라고 한 일은 반드시 하고, 반찬이 맛있든, 맛이 없든 무조건 밥 한 그릇을 다 먹고(더 먹고 싶어도 더 달라는 말을 하지 못하는) 갖고 싶은 게 생겨도 부모님의 주머니 사정을 생각해 사 달라고 하지 않고, 과제를 언제까지 제출하라고 하면 마감 하루 전에 제출하는 사람이 나였다. 나의 이런 모습에 친구들은 자주 숨이 막혀서 종종 잠수를 탔다. 당시엔 그게 나 때문이었는지 전혀 몰랐다. 나와 달리 기복이 심한 친구라 생각했는데 책을 읽고 타인의 마음을 헤아리려는 변화가 보이자 친구들이 해 준 이야기였다. 타이트한 계획과 타협 없는 기준 때문에 자신들이 루저loser가 된 기분이었다고. (잘하고 못하고는 별개다. 그저 기준과 마감이 숨 막히게 철저했을 뿐이다.)

아무 목적 없이 닥치는 대로 쉽게 읽히는 책을 읽으며 도피했다. 다양한 직업군을 가진 사람들의 도전과 경험담을 읽으며 새로운 가능성을 탐색했고 소설 속 수많은 캐릭터를 만나며 다양한 마음을 알게 됐다. 도피하고 싶어서, 새로운 가능성을 만나고 싶어서, 누군가를 이해하고 싶어서 다른 일을 할 수도 있는데 나는 책을 택했다. 시간이 없는, 혼자 있는 것을 좋아하는, 많은 돈을 쓸 수 없는 내게 책은 가장 효율적이고 편한 도구였다.

그렇다면 나는 책을 좋아하고 책으로 무언가를 하고 싶은 사람이구나. 책을 읽고 나면 떠오르는 생각들이 많았고 무슨 말이든 글로 써야 직성이 풀리는 사람이니 이것으로 무엇을 생산할 수 있겠다고 생각했다.

나를 발견하는 데 도움을 준 책들

평일도 인생이니까(김신지), RHK코리아

이 책의 좋은 구절은 하나하나 글감이다. 이 책은 제목이 모든 것을 말해주고 있다. 주말로 미루고, 내년으로 미루고, 평일은 영혼 없이 회사만 왔다 갔다 하던 날들에서, 순간순간 사진처럼 붙잡아두려는 마음으로 하루하루를 사랑하게 해 주었다. 글을 써야겠다는 생각으로 연결되게 해 준 책이다.

70세 사망법안, 가결(가키야 미우), 왼쪽주머니

고령화 문제를 적나라하게 다룬 이 소설 속에서 저마다 다른 가족원들의 태도를 통해 보는 것이 재밌었다. 사회적인 문제뿐 아니라 가정 내부의 소통에 대한 문제, 나의 아전인수我田引水 격의 기준들에 대해서도 진지하게 생각해 보게 하는 좋은 책이다. 이 책을 읽으며 70세의 나의 모습을 그려 보는 활동을 통해 내가 되고 싶은 모습을 찾았기에 추천한다.

기획자의 독서(김도영), 위즈덤하우스

저자는 책을 '밀도 있는 무기'(p127)라고 표현한다. 그리고 '책이란, 엄청나게 큰 지도 위에 수많은 사람들이 각자의 루트를 그려놓은 것'이며 '그것이야말로 글과 책이 주는 가장 큰 기쁨'(p321)이라고 말한다. 책을 통한 생각의 확장, 그리고 눈에 보이는 결과물까지, 내게 책은 어떤 의미인지, 책으로 무엇을 할 수 있는지 생각하게 된 책이라 추천한다.

4

선택과 집중,
레버리지

결혼 초에 텐인텐이라는 온라인 카페가 있었다. 10년 안에 10억 벌자는 취지의 카페였는데 언제부터 운영됐었는지는 모르지만, 신혼 초 우리도 미래를 위해 허리띠를 졸라매야 하나 고민하며 가입했다. 하지만 아무리 아낀다 해도 근로 소득으로 10억을 모으는 건 불가능해 보였다. 그리고 무엇보다 허리띠를 졸라맬 자신이 없었다. 당장 10억은 필요하지 않았으니 이럴 필요 없다며 카페를 탈퇴했다.

그럼에도 누구는 어디에 집 샀다더라, 너희는 무슨 계획이니? 걱정 아닌 걱정의 소리를 들을 때면 이대로 사는 게 맞나 하는 막연한 불안감이 엄습하곤 했다.

우리는 착실하게 열심히 살고 있는데 왜 불안하지?

보유 재산 내에서 약간의 수익을 내고 안정적인 학군에서 아이를 키우며 큰 욕심부리지 않으면 됐다고 생각했다. 하지만 이 정도면 충분하다고 생각한 꿈이 사실은 쉽게 가질 수 없는 기준임을 깨닫는 데는 오랜 시간이 걸리지 않았다. 부동산 가격이 오르기 시작했고 같은 희망을 품은 30대가 부지런히 재테크를 시작했지만 우리는 제자리였기 때문이다. 전세금에 착실하게 저축한 돈을 보태면, 몇 년 안에 내 집 마련은 할 수 있겠다고 생각했는데 매매가와 전세가가 모두 올라 2년마다 전세금만 겨우 올려줄 수 있었다.

세입자의 서러움을 느끼며 재테크에 관심을 가지자 레버리지를 써야 한다는 얘기가 들리기 시작했다. 지렛대를 이용하면 실제 힘보다 몇 배 무거운 물건을 움직일 수 있듯이 금융에서는 실제 가격 변동률보다 몇 배 많은 투자 수익률이 발생하는 현상을 지렛대에 비유하여 레버리지로 표현한다. 주로 투자액의 일부를 부채로 조달하여 자기 자본 대비 투자 수익률이 높아진 것을 말하는데 투자에 무지했던 나는 속임수라는 생각을 했다. 내 힘을 쓰지 않고 다른 것을 이용한다는 점이 싫었고 이자 비용과 혹시나 모를 위험을 감안하면 수익률이 그렇게 높지 않다고 생각했다. 그런데 남편까지 레버리지라는 단어를 사용하기 시작했다. 결국 빚을 지자고?

그때 롭 무어의 《레버리지》를 읽었다. 레버리지라는 단어를 거리낌 없이 사용하는 게 싫은데 혹시 내가 편협한 사고에 빠져 있는 건 아닌지 제대로 알고 싶었다. 내가 모르는 다른 이야기도 있지 않을까 싶어 고지식하게 정말 레버리지라고 검색해 고른 책이었다.

이 책에서 설명하는 레버리지 구축이란 타인의 자본, 시간, 능력, 기타 사용할 수 있는 자원 모든 것을 포함한 효율화였다. 타인의 자본을 사용하는 것이 정말 괜찮은 일인가, 반드시 경고의 메시지를 찾아 남편의 사고를 바로잡아 주려고 했는데 대출 이야기가 아니라는 것을 깨달은 나는 어느덧 밑줄을 긋기 시작했다.

직장에서나 가정에서나 내가 아니면 안 된다는 생각이 있었다. 믿고 맡길 만한 사람이 없다며 많은 일을 내 손으로 마무리 지었다. 그런데 책에서는 월등히 잘하는 영역에 집중하기 위해서 그보다 낮은 가치의 일은 다른 이에게 위임하라고 했다. 사람들의 기대에 부응하기 위해, 인정받기 위해 애쓰지 말고 내가 모든 일을 할 수 없다는 사실을 인정하라고 말이다.

'내가 모든 일을 왜 할 수 없어? 나 할 수 있는데?' 잘난 척을 하다가, 그 시간과 열정을 의미 있고 사랑하는 일에 쏟으면 무한한 자유를 느낄 수 있다는 문장에 고민이 시작되었다.

롭 무어가 말한 레버리지는 살아 있음을 느끼지 못하게 만드는 모든 것을 아웃소싱하는 기술이었다. 직장에서 맡은 업무와 전공의 연관성으로 은행과 증권사의 금융 상품 비교는 할 만했지만, 더 큰 자본과 공부가 필요한 부동산은 어렵게 느껴졌다. 어려우면 도움을 받으며 함께 해결해야 하는데 모든 걸 내가 주도해야 직성이 풀리는 사람이라 미루고만 있던 것이다. 책을 읽고 미시적 가계 운영은 내가, 남편에게는 거시적 자산 관리, 즉 부동산 관련된 일을 맡겼다. 미심쩍던 마음을 믿음으로 바꾸자 한결 편안해졌고 여유가 생긴 만큼 남편보다 내가 월등히 잘할 수 있는 핵심 가치를 찾을 수 있었다. 책에 핵심 가치를 찾는 데 도움이 되는 질문이 있어 하나씩 답을 해 보면서 말이다.

- 어떤 일에 대부분의 시간을 보내고 있는가? : 독서(근무 시간 제외)
- 외부적인 압박을 받지 않고 하루 종일 하고 싶은 일은 무엇인가? : 읽고 쓰기
- 무엇에 대해 지속적으로 생각하는가? : 읽고 쓰는 충분한 시간
- 당신의 공간을 무엇으로 채우고 싶은가? : 책과 사람

- 당신의 어떤 점이 사람들에게 가장 잘 알려져 있는가? : 책과 기록
- 삶에서 결과가 이미 나타난 부분과 나타나지 않은 부분은 무엇인가? : 책(타인의 책은 읽었으나 나의 저서가 없음)

문항에 답을 하면서 명확해졌다. 《레버리지》 책 한 권 읽었을 뿐인데 첫 번째 재테크, 내 집 마련과 인생의 전환점이 되게 하는 핵심 가치를 발견했다. 그래서 이 책은 내게 인생 책이다.

경제적 사고를 할 수 있게 도와준 책

돈이란 무엇인가(이즈미 마사토), 오리진하우스

돈이란 신용을 가시화한 것이며 일하는 것으로 자신이라는 가치를 사회에 제공하고 마음과 시간의 풍성함을 손에 넣는다고 말해 주는 책이다. 돈이 있으나 제대로 쓰지 못하는 사람, 늘 절약만 하는 사람, 버는 즉시 쓰는 사람 등 같은 돈인데 사용하는 사람에 따라 가치가 달라지는 돈의 중립성을 배울 수 있는 책이다.

부의 인문학(브라운스톤), 오픈마인드

철학자들의 통찰을 통해 투자 무기를 설명하는가 하면 노벨 경제학상 수상자들의 이론을 바탕으로 한국 시장을 설명하기도 한다. 느린 생각은 저절로 떠오르지 않고 정신을 집중해야 할 수 있으며 집중력과 에너지가 많이 소비되지만, 부를 창출하는 건 하나하나의 진입 장벽을 부수며 느린 생각을 거쳐 나온다는 인사이트가 무엇보다 좋았던 책이라 추천한다.

돈의 역사는 되풀이된다(홍춘욱), 포르체

경제 흐름과 부동산, 주식, 투자에 필요한 현실적인 조언과 돈의 흐름을 읽는 법을 담은 책으로 탄탄히 쌓아올린 저자의 인사이트가 좋았던 책이다. 빠르고 큰 수익이 아닌 것처럼 보일 수도 있지만, 이분의 느리고 안전한 방식이 나와는 잘 맞는 것 같아 추천한다.

5

경제적 감각을 키우며 재테크를 시작할 때

재테크를 시작할 때, 또는 경제 공부를 마음먹었을 때 독서만큼 가성비 있고 손쉬운 자기 계발은 없다. 2만 원 남짓한 돈으로 나의 경제적 상황을 바꿀 수 있다면 말이다. 그런데 책을 읽는다고 모두 부자가 되거나 경제 전문가가 되는 것은 아니다. 상황에 맞는 목표가 세워지지 않았거나 아예 목표 설정 없이 단순 정보 습득을 위한 책을 읽었기 때문이다. 물론 나 역시 대단한 자산가가 된 것은 아니다. 하지만 레버리지라는 단어에도 눈살을 찌푸리던 사람에서 꾸준히 새로운 투자를 시도하며 경제 도서의 실질적 효용을 체감하게 됐다. 그래서 나처럼 책을 통해 경제 공부를 하기 원한다면 다음의 과정을 추천해 드리려고 한다.

■ 경제, 재테크 서적을 읽기 전 해야 할 일

1. 나의 현 상황 파악하기
   - 경제적 상황(동산, 부동산의 자산 파악(대출 포함)
   - 투입할 수 있는 나의 시간 및 심리적 자원 확인
2. 책을 통해 얻고 싶은 정보 명확히 하기
3. 원하는 경제적 목표 구체적으로 수립하기(장단기 시기별 목표와 금액 등)

책을 읽고 공부를 했는데 아무 변화가 없다면 제일 첫 단계인 나의 현 상황 파악이 되지 않았을 경우가 많다. 변화란 사물의 성질, 모양, 상태 따위가 바뀌어 달라지는 것을 말하는데 이전의 내 상태를 제대로 알지 못하면 변화가 왔다 한들 알아차리기 어렵다. 사실은 분명 변한 것이 있을지도 모르는데 체감하지 못한다면 다시 책을 집어 들기는 쉽지 않다. 문제를 인식하지 못하면 새로운 목표 설정 또한 어렵다.

막연히 변하고 싶다가 아닌 지금의 무엇이 달라졌으면 좋겠는지, 어떠한 상태를 원하는지 구체적으로 작성하면 책을 읽고 즉각적인 실행을 할 수 있다. 또한 현재 나의 경제적, 심리적 상황을 제대로 파악해야 적절히 실현 가능한 계획을 세울 수 있다. 현금 흐름이 중요한데 무작정 연금 계좌에 가입하거나, 향후 1, 2년 안에 결혼 계획이 있는데 3년 만기 적금에 가입해서는 안 되기 때문이다.

N년 후에 안정적 현금 흐름을 확보하기 위해 배당주 투자를 시작하려고 마음먹었다면, 월 얼마씩 불입이 가능한지, 성장주가 아닌 배당주를 투자했을 때 나의 심리적 상태가 어떨지 등을 고려하며 읽어야 한다. 1년 후에 목돈이 필요한 상황에서 배당주 투자를 한다면 현금화를 바로 해도 손실이 덜한 종목을 산정해야 하니 시기별 재무, 생애 주기별 변화 등을

꼭 미리 점검해야 한다. 경험에 의하면 이 작업이 가장 오래 걸린다. 현 상황을 제대로 인지하지 못하고서는 목표를 세울 수 없으며, 구체적 목표가 없으면 공부를 제대로 써먹을 수가 없다. 이는 경제 공부뿐만 아니라 모든 분야에 적용된다.

현 상황을 정확히 파악했다면 책에서 얻고 싶은 정보를 명확히 설정하고 읽는다. 책 제목과 소개 글과는 다르게 내가 원하는 정보가 나오지 않는다면 즉시 덮고 다른 책을 찾아 보는 것이 시간과 에너지 절약에 도움이 된다. 책을 통해 얻고자 하는 부분이 명확할 때는 완독이 중요하지 않다. 필요하다면 발췌독을 통해 시간 절약을 할 수 있고 저자의 경험을 빌려 저자가 추천하는 다른 책을 찾아볼 수도 있다. 그런데 만약 내가 원하는 정보가 무엇인지 설정하지 않고 읽는다면 저자의 논지에 이끌려 쭉 읽긴 했으나 막상 어떤 실행을 해야 할지 모르는 경우가 생기고 만다.

책에서 얻고자 하는 정보를 설정했다면 시기별, 금액별로 수립한 경제 목표에 따른 실천법은 무엇이 있는지 저자의 경험에서 적용할 만한 것은 무엇인지 비교하며 읽는다. 그러니까 책을 읽기 전부터 읽는 내내 그리고 다 읽은 후에도 목표의식을 잊지 않는 것이 필요하다는 말이다.

다 읽은 후에 필요한 것은 무엇일까? 책을 통해 알게 된 것을 바탕으로 목표를 수정하거나 더 세분화한 후에 실행하는 것이다. 목표에 따른 실행을 위해서는 투입 가능한 자원을 보기 좋게 미리 세팅해 두어야 한다. 가령 당장 주식 투자를 시작하기 위해서는 증권 계좌부터 만들어야 하는데 '어디 한번 해볼까?' 하는 생각으로 슬렁슬렁 시작하는 것은 쉽지 않다. 생각보다 시간과 품이 드는 일이기에 목요일 퇴근 후, 또는 토요일 아침 눈뜨자마자 등 구체적인 시간을 정하고 신분증을 찾아 준비해 둔다.

나 역시 몇 달 전부터 달러 투자를 공부하겠다고 하고선 쭈욱 하지 못했다. 유명한 이코노미스트가 달러 투자를 추천해 책을 사두고서도 과연 달러 투자가 나의 성향에 맞는 투자인가 막연해 책을 방치했다. 정확히 말하자면 제대로 알아보지 않았기에 막연한 추측으로 종잣돈이 커야만 유의미한 수익이 있을 거라는 자포자기하는 마음, 하루에도 몇 번씩 거래해야 하는 방식은 나와 맞지 않다는 지레짐작에 게으름을 피웠던 것이다. 즉각적 실현이 중요한지, 꾸준한 적립식 투자를 선호하는지, 무조건 안정적 확정 수익이 필요한지, 스스로 정의하지 않았기 때문이다. 투자 성향을 알고 장단기 원하는 목표 금액을 명확히 설정했다면 그에 맞는 투자법을 취사선택할 수 있는데 말이다.

이것은 단 10분만 생각해도 파악할 수 있는 것이다. 물론 이렇게 사전 작업을 하고 읽어도 실행 후 별다른 수확이 없을 수 있다. 모든 일이 계획대로 되는 것은 아니니 당연한 결과일지도 모른다. 하지만 어떤 사전 작업을 하지 않고 남들의 추천으로 '막연히 읽었던 나'와, '목표 설정을 한 나'는 완전히 다른 사람이 된다. 다시 시작하면 된다. 시도와 경험이 쌓이면 반드시 단계별 목표를 이룰 수 있다.

실제적 경제 공부 및 투자를 도와준 책

월급쟁이 부자로 은퇴하라(너나위), 알에이치코리아

주변에서 흔히 볼 수 있는 김 과장이 회사 밖으로 눈을 돌려 부동산을 택한 후 하루도 거르지 않고 부동산 현장에 나가며 순수익을 달성하는 과정을 다룬 책이다. 너나위님은 책이 아닌 '아는 선배'로 월급쟁이들의 사연에 응답하는 태도를 보고 진정성을 느껴 알게 됐다. 부동산이라는 자산을 다룬 만큼 시대적으로 달라진 것이 있겠지만 기본적인 마인드와 부지런함, 꾸준함이 바탕이 된 이야기는 언제나 도움이 된다.

강남에 집 사고 싶어요(오스틀로이드), 진서원

부동산에 대한 자기만의 인사이트를 말 잘하는 다정한 언니에게 듣는 기분이다. 인사이트를 기르기 위한 공부의 시작은 '집값이 오를 곳이 어디인가?'가 아니라 '왜 거기를 유망하다고 보는가.'에 대한 질문이 필요하다는 이야기가 가장 기억에 남는다. 또한 강남에 대한 욕망을 구체적으로 그려보고 내게도 강남이 정말 꿈의 장소인지 점검해 보는 것 또한 목표 설정을 위해 필요한 작업이라 강남 생활을 엿보는 재미도 있었다.

슈퍼노멀(주언규), 웅진지식하우스

주언규라는 사람의 비상식적인 열심을, 일반인이 이해할 수 있도록 빠짐없이 서술한 책이며 돌연변이 같은 누군가의 성공 경험을 통해 운과 실력을 분해하고, 실력의 영역을 정복하고, 빈도를 극단적으로 높여 고성과를 일반화하는 슈퍼노멀의 단계를 배울 수 있다. 메모와 자기 점검 및 계획 세우기가 필수로 따라와야 하는 책이다.

나는 배당투자로 매일 스타벅스 커피를 공짜로 마신다(송민섭), 21세기북스

배당투자에 관한 모든 것이 담겨 있는 책이다. 매월 발생하는 현금 흐름이 매력적이지만 자산이 마이너스가 되는 상황을 어떻게 바라볼지, 그래서 어떤 지표를 신경 써야 하는지 알려주는 책이라 실제적이었다. 총 30일 과정으로 단계별 수업이 진행되고 다양한 종목을 보기 좋게 정리해 줘서 언제든 찾아보고 실천 가능한 책이다.

6

결혼,

굴레인가 구원인가?

내게 결혼은 구원이었다. 신혼여행 7일 만이라도 직장을 떠날 수 있으면 했고, 성인도 아이도 아닌 부모님과의 묘한 관계에서 겪는 지긋지긋함에서도 벗어나고 싶었다. 결혼은 내게 허락된 공식적인 도피처였고 사랑이라는 숭고한 감정이 아름다운 열매로 귀결되는 완성형이었다. 아니 그런 줄 알았다.

2월 14일 한국청소년정책연구원이 공개한 '2023 청소년 가치관 조사 연구' 보고서를 보면 결혼을 필수라고 여기는 청소년이 10명 중 3명에 불과한 것으로 나타났다. 10여 년 전과 비교하면 절반에도 못 미치는 수치다. '결혼하면 자녀를 가져야 한다'는 인식도 19%에 그쳤다고 한다. 게다가 '결혼을 반드시 해야 한다'는 데 2012년 조사 당시 동의율이 73.2%인데 반해 23년에는 청소년의 29.5%만 동의했다.

청소년들의 눈에 비친 기혼자의 모습, 그리고 아이를 키우는 요즘의 환경이 녹록지 않아 보였다는 의미일 것이다. 솔직히 내가 읽은 책에서도 결혼 생활은 늘 파란만장했다. 평탄하고 아무 문제가 없었다면 이야기의 소재가 되지 않았을 테니 당연한 것인지도 모르겠다. 결혼을 꼭 해야 한다거나 의식을 바꿔야 한다고 이야기하려는 것은 아니다. 나 역시 여전히 남편과 자주 다투고 육아는 무겁고 어려운 현재를 살고 있으니까.

정지민 작가의 《우리는 서로를 구할 수 있을까》라는 책을 제목에 끌려 읽기 시작했다. 사전 정보 없이 제목만으로 고른 책이었는데 제목 덕분인지 읽은 지 몇 년이 지나고서도 이 책의 문장들을 떠올리며 생각한다. 서로를 안다는 것에 대하여, 함께 사는 일에 대하여 말이다.

정지민 작가는 모른다는 사실로부터 사랑이 시작되는 반면 다 안다고 생각한 때부터 서로를 지루해하고 경멸하게 된다고 했다. 허영, 좌절, 욕망과 시도 모두 나의 손바닥 안이기에 당신을 지루해하며 경멸하게 된다고. 경멸이라는 단어까지 선택할 일인가 움찔했는데 우리의 부부 싸움을 돌아보면 그것은 경멸이었다. 경멸은 별다른 것이 아닌 그저 다 안다는 생각에서 비롯된 부정적 감정임을 알게 되었다. 꼭 부부 사이에만 적용되는 일은 아닌 것 같다. 종종 나는 타인의 아픔과 경험을 쉽게 안다고 말하는 실수를 하기 때문이다.

그래서 결혼이란 경멸뿐이라는 이야기를 하고 싶은 거냐 묻는다면, 아니다. 책에는 이런 문장도 있다.

인간은 어리석고 같은 실수를 반복하지만, 반복할 때마다 조금씩 나아진다. 한편 말투나 자주 쓰는 어휘, 태도와 분위기는 점차 닮아 가서 우리가 맞춰 가며 걸어온 길을 돌아보게 된다. 아주 힘든 일은 때때로 아주 보람 있는데, 함께 사는 일이 그런 일이 아닌가 한다.

-《우리는 서로를 구할 수 있을까》, p181.

사랑하는 사람과의 관계에서 일어나는 일이라 잘못도 비교적 쉽게 용서받는다. 우리는 당연하게 서로를 경멸하지만, 또 언제 그랬냐는 듯 용서한다. 이런 안전지대가 어디 있나 싶다. 함께 사는 일은 쉽지 않다. 쉽게 용서하는 날에 이르기까지의 시간은 아주 지난하고 지긋지긋하다. 그래서 함께 견딘 시간이 소중하다.

사랑하는 사람이 만나 다투고 화해하고 맞춰 가는 일을 자세히 들여다보면 어디에도 말하기 어려운 장면들이 많다. 그것을 모두 주변인들에게 상세히 말할 수 있는 사람은 없을 것이다. 그렇다고 "모두 그렇게 살아, 그러니 참아."라고 말하기엔 내 모습이 가엽고 안타까울 때 이런 인문학 책을 찾는다.

인생의 어느 한 시점에 했을 법한 후회와 질문들이 가득한 책에서 나의 질문과 답을 발견한다.

함께 살지 않았다면 몰랐을 일들이 있는 것처럼, 여전히 모르는 것이 많겠지 하며 나는 삶과 하루하루를 맞춰간다.

결혼과 함께 찾아온 인생의 어느 계절을 잘 보낼 수 있게 해 주는 책

쓰고 싸우고 살아남다(장영은), 민음사

삶을 걸고 글을 썼던 25명의 여성들의 삶과 철학을 담은 책이다. 너무 다른 이들의 공통점은 좋은 책을 많이 읽고 필사적으로 글쓰기에 매달렸다는 점이다. 응축된 삶의 정수를 읽기가 편안하지만은 않았지만, 어떤 시절을 보내는 때에 쓸 수 있는 이야기가 있다는 생각을 했다. 특별히 나다운 삶을 살기 위해 여성이 겪는 시간을 보고 배울 수 있는 책이다.

딸에게 보내는 심리학 편지(한성희), 메이븐

40년간 마음이 아픈 사람들을 치유해 온 정신 분석 전문의가 사랑하는 딸에게 보내는 심리학의 지혜가 내게도 다정하게 적용되었다. 인간은 스스로 완성될 수 없어 내가 타인에게 사랑을 기꺼이 나누어 줄 때 나의 공백과 결핍이 채워진다는 말이 좋았다. 나 역시 이런 말을 해줄 수 있는 삶을 살아야지 꿈꾸게 된 책이기도 하다.

인생의 역사(신형철), 난다

유명한 평론가 신형철이 동서고금 스물다섯 편의 시를 꼽아 시 한 편마다 하나의 인생을 담아 쓴 책이다. 직접 겪은 삶을 시로 연결하는 글은 군더더기가 없다. 시는 모르지만 시를 통해 인생을 구경할 수 있어 벅찼고, 인생의 덜컹거리는 마디 같은 순간을 깊고 아름답게 바라보는 시선을 갖게 하는 책이라 추천한다.

7

육아라는 고비 앞에서

"할머니는 어떤 작가를 제일 좋아해?"

"작가? 할머니는 작가 이런 사람들 잘 몰라."

"모른다고? 딸이 작간데 좋아하는 작가가 없다고? 정말 너무하네."

"엄마는 아직 책이 안 나왔는데 무슨 작가야."

"무슨 소리야. 엄마가 이렇게 글을 열심히 쓰고 있는데. 쓰는 사람이 작가잖아. 할머니는 그것도 몰라?"

친정엄마가 애들한테 이렇게 전폭적인 지지를 받아서 좋겠다며 들려준 이야기다. 내가 좋은 엄마였기 때문에 받는 지지는 아니었다. 다정다감한 말을 건네기보다 논리적이고 옳은 말을 하는 엄마였고, 기분이 좋지 않을 땐 이유 없이 아이들에게 짜증을 내기도 하는 예민한 엄마였다. 화내고 후회하고의 반복에 스스로 실망하는 흔한 엄마.

아이를 키우며 말할 사람이 없고 답답한데 차마 TV는 켤 수 없어 하루 종일 라디오를 들었던 때였다. '여성 시대' '우리 아이 문제없어요'라는 코너의 사연과 서천석 박사님의 상담이 나를 위한 말 같아 당시 코너 시간이던 매주 오전 10시 40분을 기다렸다. 아이에게 초점을 맞춘 이야기도 도움이 됐지만 주 양육자인 엄마의 마음을 다잡아 주는 박사님의 다정한 위로가 좋았다. 일주일에 한 번만 이야기를 듣는 게 아쉬워 서천석 님의《하루 10분, 내 아이를 생각하다》라는 책을 바로 주문했다. 하루 10분이라는 제목처럼 짧은 글이라 아이를 재우지 않고도 틈틈이 한두 꼭지를 볼 수 있었다. 소아 정신과 의사의 육아 팁을 얻을 수 있음은 물론이고 짧은 글을 통해 나와 아이를 동시에 생각해 볼 수 있는 이야기였다.

저자는 우선 부모 자신의 삶을 안정시키라고 권했다. 아이는 부모의 삶 속에서 배우고 자라니 먼저 균형 잡으라고 말이다. 2013년 10월, 우리 소망이 6개월쯤이었다. 첫 이가 나고, 급성장기였는지 밤마다 깨서 자지러지게 울던 시기, 그전까지는 한 번도 아기띠를 해서 재운 적이 없었는데 그때는 밤마다 아기띠를 하고 미친 듯 뛰어다녀야 겨우 잠을 잤던 시기였다. 그랬기 때문에 서천석 박사님의 이야기에 더 귀를 기울였는지도 모르겠다. 아니 누구의 이야기라도 아이가 얌전히 잠을 잘 수 있게 된다면야 밤을 새워 들을 기세였다.

그렇게 읽기 시작한 책에서 뜻밖에 나의 삶을 생각하게 되었다. 아이가 잘 자기만을 바랄 게 아니라 내 삶을 안정시켜야 하고 아이에게만 꿈을 물을 것이 아니라 나의 꿈을 아이에게 말해주어야 한다고 했다. 무엇을 꿈꾸는지, 어떻게 이루려고 하는지, 내가 꿈을 말할 때 아이는 인생을 긴 호흡으로 바라본다는 문장에서 긴 밤, 잠을 이루지 못했다.

이제 와서 꿈을 이야기하는 게 사실 생뚱맞다고 생각했다. 하지만 지금부터 연습하지 않으면 아이가 커버린 후 더 큰 허탈감을 느낄지도 모를 일이었다. 균형 있는 일상을 사는 동시에 꿈꾸는 삶을 살아야 아이가 자연스레 나를 멘토 삼아 자랄 수 있다고 생각하니 해보자 싶었다. 그때 그 마음을 기록한 글이 블로그에 남아있다.

'엄마는 늘 사람들과 함께해요. 엄마 주변엔 좋은 사람이 많아요. 엄마는 따뜻한 사람이에요. 엄마는 정말 좋은 멘토예요.' 우리 딸에게 이런 얘기를 들을 수 있는 사람이 되고 싶다. 2013.10.12.

사람들과 함께 있으려면, 그것도 좋은 사람들과 무엇이든 함께 하려면 지금 뭘 해야 할까? 아이를 키우며 할 수 있는 가성비 높은 일은 독서였다. 책을 통해 다양한 사람을 만나며 새로운 꿈도 찾아보자 싶었다. 육아서도 읽었지만, 이때부터 육아가 아닌 다른 사람의 인생을 들여다보며 내 삶과 공통점, 차이점을 찾기 시작했다.

급격하게 머리가 빠지고 난 후, 새로 난 잔머리가 사자처럼 삐죽하게 갈퀴를 이루고 있는 지금의 내 모습도, 급성장기를 지나고 있는 아이의 모습도 딱 이 시기뿐이다. 그리고 생각보다 시절은 빠르게 지나간다. 임신과 출산, 연년생 육아로 좋은 시절은 다 갔다 싶었는데 책을 보니 늦지 않은 것 같다. 같은 경험을 한 많은 이들이 책에서, 온라인에서 꿈을 꾸고 행동하라고 했다.

책을 읽고 뒤돌아서면 까먹는 게 일상이라 블로그에 리뷰를 쓰기 시작했다. 읽기만 하는 것이 아니라 기록하기 시작했다. 아무도 보지 않았지만, 전문적인 견해는 전혀 없었지만, 무엇이라도 남겨지는 게 좋아 미흡하게라도 남겼다. 도서 인플루언서가 되어야지 하는 마음이 아니라 낮아진 자존감을 한 칸씩 쌓는 마음으로 적어나갔다.

그리고 아이는 쓰는 사람인 내가 이미 작가라고 말해 주었다.

끝날 것 같지 않던 육아의 시기에 도움이 됐던 책.

그 아이만의 단 한 사람(권영애), 아름다운사람들

한 사람에게 받은 깊은 존중과 사랑으로 평생 살아낼 마음의 힘을 얻는다는 저자의 이야기가 마음에 깊게 남았다. "실패는 작은 성공이야. 작은 성공 백 개가 모이면 드디어 큰 성공이 되는 거란다. 그래서 이 세상엔 실패라는 건 없는 거야." 따스한 말이 내게도 힘이 됐던 책이다.

돌봄과 작업(정서경, 서유미, 홍한별, 임소연, 장하원 저 외 6명), 돌고래

사회에서 성공하는 여성들의 이야기나 육아의 고됨을 이야기하는 육아서는 많지만, 이루지 못할 균형을 향해 애쓰며 제자리걸음인 것 같은 모호함에 빠진 사람들의 이야기는 잘 보지 못해서 궁금했다. 해답이나 문제점이 아닌 그저, 지금의 이야기만으로 힘이 됐던 책이다. 돌보는 일과 내 것을 만드는 일 사이에서 어떻게 지내는지 궁금하다면 이 책을 추천한다.

유럽의 그림책 작가들에게 묻다(최혜진), 은행나무

육아서는 아니지만 자신의 분야에서 상상력과 창의성을 발휘하는 그림책 작가 10인의 이야기를 읽으며 내 주변의 사소함 속에서 얻는 행복을 발견했던 책이다. 아이들과 함께 읽을 그림책 알아가기는 덤! 키티 크라우더의 인터뷰가 특히 기억에 남는다. "좋은 엄마가 되는 길은 나 자신의 행복을 디자인해 가는 과정과 그리 멀리 떨어져 있지 않다고 생각합니다."

8

모두 나와 이야기하고 싶어 해

언제인지 정확히 기억은 나지 않는다. 휴대폰에 저장된 연락처를 살펴보면서 이렇게 많은 사람을 알고 있는데 어쩜 연락이 하나도 오지 않을까? 생각한 날이 있었다. 생일이나 특별한 날은 아니었다. 울적한 기분에 누구라도 연락해 그저 수다를 떨고 싶었던 날이었다.

왜 연락이 오지 않을까?

왜 내게 먼저 만나자는 사람이 없을까?

사람들이 찾는 사람으로 살겠다는 결심을 한 것은 바로 그 날이었다.

사람들이 찾는 사람이란 도움을 줄 수 있는 사람이라고 생각했다. 내가 모르는 것을 알고 있는 사람, 어떤 이야기를 해도 막힘없이 통하는 사람이 되면 누구든 찾아오지 않을까? 짐작했다. 그러려면 여러 분야에 통달해야 했으니 다양한 분야의 책을 읽기 시작했다. 미술을 좋아하는 사람에게는 요즘 주목받는 전시 이야기를, 과학을 전공한 사람과는《김상욱의 양자 공부》나《관계의 물리학》같은 책 이야기를 하며 관계를 넓혀갔다.

틀린 방법은 아니었다. 여러 분야의 정보를 조금씩이라도 알기에 처음 만난 사람들과 편안하게 대화할 수 있었다. 하지만 지식 습득이 목적이라면 책이나 인터넷 검색을 하면 그만이지 굳이 나를 찾을 필요는 없었다. 그럼 어떤 사람이 되어야 할까?

어느 날 후배에게 한 장의 사진이 전송되었다. 책의 어느 한 부분을 찍어 보낸 것이었다. 류시화 시인의《좋은지 나쁜지 누가 아는가》한 구절이었는데 누군가를 좋아하고 그 사람과 함께 있고 싶어지는 이유는 단순히 그 사람이 좋아서만이 아니라 그 사람과 함께 있을 때 나 자신이 좋아지고 가장 나다워지기 때문이라는 내용이었다. 후배는 나와 이야기하며 발견하는 자신의 모습이 좋다며, 자기애 넘치는 고백을 꼭 나를 향한 사랑 고백처럼 했다.

아니, 내가 마음에 드는 게 아니라 나와 함께 있을 때의 자기 모습이 좋다고?

사람들을 만날수록, 시간이 흐를수록 사람들은 타인이 아닌 자기 자신에게 더 관심이 많다는 것을 알게 됐다. 나 자신으로 살고 싶어 하는 사람들에게 '나다움'을 이끌어 낼 수 있는 사람으로 곁에 있으면 사람들이 계속 모였다. 어떻게 해야 '나다움' '자기다움'을 이끌어 내는지는 알 수 없지만 말이다.

은모든 작가의 《모두 너와 이야기하고 싶어 해》 주인공 경진은 주말을 끼고 모처럼 연속으로 쉴 수 있는 3일이 생겨 아무 일도 하지 않고 쉬기로 한다. 그런데 스치는 사람 모두가 경진에게 이야기를 쏟아 놓는 통에 정신이 없다. 남산을 걷다가 우연히 만난 사람들, 고향 집에서 만난 사람들, 안경테를 고치러 방문한 안경점의 사장님까지 앞다퉈 자신들의 속 얘기를 꺼내 놓는다. 모처럼 얻은 휴가에 느긋한 쉼을 누리지 못한 경진이었지만 주변 인물들의 이야기를 듣는 모습에서 전에 없던 여유를 볼 수 있었다. 그리고 마침내 경진은 괴로워하는 과외 학생의 눈을 들여다볼 줄 아는 선생님이 되었다. 무슨 얘기든 천천히 다 들어주겠다고.

내 지인들도 경진의 주변 사람들처럼 언제나 내게 말을 걸었을까? 모두 저마다의 사인을 보내고 요청했지만, 내 컨디션의 이유로 무시하거나 때로는 원치 않는 과도한 관심을 보냈을지도 모르겠다.

책 제목을 보고 주인공에게 어떤 특별한 능력이 있을 거라 기대했다. 관계의 기술이라든지, 대화의 기술이 있다면 배우고 싶었다. 하지만 기술은 없었다. 시간과 마음을 내었을 뿐이다. 나의 이야기를 편견 없이 듣는 사람 앞에서 그들은 저마다의 답을 스스로 얻어 갔다. 정답을 이야기해 주지 않아도, 힌트를 주지 않아도 자신의 인생을 사는 사람들은 알아서 길을 찾아갔다.

지인들에게 내 인생에만 적용되는 정답지를 수없이 들이밀었다. 사람들이 내게 연락하지 않았던 이유는 오답을 강요하던 나를 피하고 싶었기 때문인지도 모른다. 자신의 인생에 맞는 지도를 그릴 수 있도록 서로의 삶을 인정하는 법을 이제야 배워가는 중이다. 여전히 그 길이 아니라고, 그런 방법이 아니라고 끼어들고 싶고 상대의 지도를 힐끗거리며 따라가고 싶을 때가 많다. 그럴 때마다 되뇐다. 자신만의 지도를 가진 자만이 타인에게 갈 수 있고 다시 내게 돌아오는 법도 아는 거라고.

세상에는 수천수만의 지도가 존재함을 인정할 때 대화가

즐거워진다. 타인의 삶과 선택을 인정하는 순간 또 다른 배움의 장, 대화의 장이 열린다고 믿는다.

다양한 인생을 인정할 수 있게 도움을 준 책

나주에 대하여(김화진), 문학동네

8개의 단편에 나오는 인물들이 모두 다른 특징을 가지고 있어 신기한 책이다. 김화진 작가는 '타인의 마음'이라는 미지에의 탐색을 지속하는데 독서 모임의 멤버는 피곤하다고 말할 만큼 마음을 깊이 파헤친 단편들이 많다. 하지만 다른 사람의 생각이 너무 궁금했던 내게는 보물창고 같은 책이라 타인의 마음이 궁금한 사람이라면 추천해 드린다.

너무나 많은 여름이(김연수), 레제

어떤 사람을 이해하려 하는 것은 나를 위함이다. 상대를 수용하고 정말로 이해하기 위함이 아니라 나의 기준과 사고 체계로 측정하기 위함이라는 반성을 하게 된 책이다. "어떤 대상의 크기는 우리가 어디에 있느냐에 달려 있어. 그 위치가 우리의 의지를 뜻해." '풍화에 대하여'라는 단편에 나온 문장이다. 김연수 작가님이 낭독회를 통해 사람들에게서 받은 위로와 에너지가 고스란히 담겨 많은 이들에게 따스함을 전해줄 책이라 추천드린다.

여름의 빌라(백수린), 문학동네

백수린 작가의 소설은 작가의 말처럼 "성급한 판단을 유보한 채 마음 안에서 벌어지는 사건들을 직시하고 찬찬히 기록"한 이야기다. 어떤 경계에서 외로움과 고난을 겪은 이가 또 다른 증오를 낳지 않으며 있는 그대로 견딘 이야기를 통해 '살아낸다'는 것이 얼마나 대단한 것인지를 생각해 보게 되었다. 상대의 삶을 이해하는 것, 그저 바라보는 일은 결코 쉽지 않으니 성급하지 말자고 다짐하는 사람이라면 이 책을 추천한다.

9

사랑에 정말 힘이 있을까?

앤서니 브라운의 《우리 엄마》라는 그림책이 있다. 작가가 그린 엄마는 참 넉넉하고 온유해 보인다. 꽃무늬 옷을 입고 사람 좋아 보이는 표정으로 요리하며 집안 물건을 정리하고, 화장도 예쁘게 하는 엄마다. 장바구니 몇 개를 손가락 사이사이 걸고 가방 두 개까지 옆구리에 낄 수 있는 가장 힘이 센 여자이며 식물 키우기에도 재능이 있는 엄마이기도 하며 아이의 기분을 살피는 착한 요정이다.

누구나 하는 집안일이라 말할 수도 있지만, 아이의 시선으로는 엄마에게 대단한 능력이 있는 것처럼 보인다. 뒤이어 나오는 장면들은 어쩐지 울컥해진다. 우리 엄마는 무용가가 되거나 우주 비행사가 될 수도 있었지만 '우리 엄마'가 되었다는 문장 말이다.

나의 경우는 특별히 무용가나 우주 비행사의 꿈을 접고 엄마가 된 것은 아니다. 사랑하는 사람을 만났고 결혼을 해서 아이가 생겼다. 어떤 큰 희생을 하지도, 큰 기대를 하지도 않았다. 엄마가 된다는 것은 특별한 일이지만, 한편으로는 삶의 한 과정일 뿐이니까. 하여 아이를 위해 내 인생을 희생한다고 생각하지 않았고 다른 가능성을 빼앗겼다고 생각하지도 않았다. 지금까지의 살아온 삶 덕분에 엄마가 됐고 엄마로서의 일상이 삶의 한 부분을 차지하며 자연스레 성장할 거라고 믿었다. 아이로 인해 느껴 보지 못했던 감정과 세상을 알게 됐고 더불어 엄마의 삶을 이해하게 됐다. 거저 주어지는 것은 없었지만 그만큼 값어치가 있는 경험과 고민이었다.

아이가 어릴 땐 나만 아이에게 무엇이 되어 주는 줄 알았다. 아이들의 엄마니까 먹이고 입히고 재우는 역할을 일방적으로 하고 있다고 생각했다. 하지만 아이들도 내게 무엇이 되기 위해 애쓰고 있음을 깨달았다. 초등학생인 어린아이지만 아이들은 누구보다 내가 행복하길 바랐다. 덜 힘들길 바랐고 자주 웃기를 바랐다. 복직하는 내가 좋은 곳으로 배치되기를 바라고, 원하는 곳으로 발령받았을 때 나와 함께 팔짝팔짝 기뻐해 준 아이들은 그야말로 든든한 지원군이었다. 공무원일 때도, 퇴사했을 때도 시기마다의 기쁨을 이야기하며 나를 나로 살게 하는데 거리낌이 없게 해 준 일등 공신이었다.

남편은 사랑이 노력이라고 말했다. 늘 노력해야 하는 것이 사랑이라면 어쩐지 서글프다고 했는데, 애쓰는 마음을 알아봐 주는 게 정녕 사랑임을 이제 안다. 내가 무얼 해도 그저 내 존재로 응원받을 수 있다는 감각은 무엇이든 하게 했다. 더 잘 살고 싶게 했고 성장하고자 하는 욕심을 갖게 했다. 꼭 아이에게 받는 사랑만 그러하리라 생각하지 않는다. 상대의 어떠함에 집중하지 않고 존재에 대한 응원을 보낼 수 있는 관계, 사랑이 바탕이 된 관계는 그런 모습이지 않을까?

에리히 프롬의 《우리는 여전히 삶을 사랑하는가》에서 사랑은 인내와 용기를 전제로 한다고 했다. 사랑으로 문제를 해결하겠다고 결심한 사람은 실망을 참고 견딜 용기, 일이 잘못되어도 인내심을 갖고 지켜보겠다는 용기를 지녀야 한다고.

사랑을 주제로 한 문학 작품이 많다. 혹자는 소설에 힘이 없다고, 사랑 이야기가 삶의 문제를 해결해 주지는 않는다고 한다. 하지만 나는 자신 있게 말할 수 있다. 누군가의 순도 높은 사랑을 받았을 때, 나는 더 힘 있게 나아간다고. 상대의 사랑과 나의 용기를 결합하면 없던 힘이 솟아난다고 말이다. 사랑하는 사람은 나의 실패에 실망하지 않을 것이다. 언제가 될지 모르는 성공의 시간을 기약 없이 무조건적으로 기다려 주는 사람을 위해, 끝까지 사랑하기 위해 나 역시 인내심을 갖고 모든 삶을 용기 있게 살아갈 것이다.

사랑의 힘을 믿는 무수히 많은 작가들이 작품을 펴내고, 나와 같은 독자들이 그들의 이야기와 크게 다르지 않은 삶을 목격한다. 그 어떤 말도 위로가 되지 않을 때 손을 뻗게 되는 건 책이다. 희망을 발견하고 싶을 때도 마찬가지다. 희망과 위로, 사랑의 힘을 확인하기 위해 책을 펼치는 데 드는 비용은 없다. 속는 셈 치고 읽는다고 손해날 일이 전혀 없다는 말이다.

사랑의 힘을 실제적으로 느끼게 준 책

우리는 여전히 삶을 사랑하는가(에리히 프롬), 김영사

사랑의 철학자인 에리히 프롬이 근본적이고 모든 사랑의 핵심인 '삶에 대한 사랑'을 이야기하는 책이다. 자신을 미워하며 공허한 삶을 살아가는 현대인의 심리를 분석하고 삶을 사랑할 자유에 대해 통찰하는 내용으로 이뤄져 삶을 사랑하는 능력을 회복하기 위한 살아 있음의 철학이다. 조금 있어 보이는(?) 책을 읽고 싶을 때 추천한다.

천 개의 파랑(천선란), 허블

미안함이나 고마움 따위를 느끼지 않을 정도로 당연하고 자연스러운, 사람 사이에 당연하게 일어나는 화음 같은 배려와 사랑을 볼 수 있는 책이다. 인물들의 가만한 움직임, 시선 모든 것이 사랑으로 느껴져 참 많이 울었다. 나의 사랑은 얼마나 유난스러운지 반성하기도 했던 작품. 휴지 준비하시고 읽으시길 추천!

우리는 달빛에도 걸을 수 있다(고수리),수오서재

휴먼 다큐 작가였던 경력 때문인지 글마다 사랑의 군불이 오래도록 지속되는 책이다. 작가 스스로 평범하지만 죽을 것같이 외롭고 불안한 날을 지났기에 우리는 희미한 달빛에도 걸을 수 있다고 작지만 단단한 희망을 이야기한다. 나는 이 책 이후로 쭉 고수리 작가님의 팬이다.

part 2

도서 인플루언서의 독서, 그리고 기록법

1
왜 도서 인플루언서가 되었나?

블로그는 책 때문에 시작한 게 아니었다. 결혼식을 준비하며 모아둔 정보를 비교 분석하기 위한 용도였다. 비슷해 보이는 서비스의 차이점, 가격 차이가 발생하는 이유 등을 나만의 기준을 세워 작성해 포스팅을 했다. 검색이 되는 블로그, 파워 블로그라는 용어를 알기 전이었다. 그저 내 필요에 의해 작성한 포스팅이 쌓여 갔고 비슷한 질문을 가진 사람들이 내 블로그를 찾았다.

지금 생각하면 이게 바로 블로그 작성 팁이 아니었나 싶다. 사람들이 궁금해할 만한 정보를 나만의 기준을 세워 작성했으니 말이다. 어쨌든 결혼 준비를 하던 나는 새댁이 되었고 누구누구 엄마가 되어 육아 아이템 협찬과 아이 전문 의료 서비스, 체험단 식사 등 블로그로 많은 혜택을 누렸다. 수익화를 말하자면 도서 인플루언서 때보다 금전적으로는 훨씬 더 나았던 때였다.

하지만 어느 순간 내 블로그에 정이 가지 않았다. 공짜는 없다고 무상으로 서비스를 받으면 그들이 원하는 결과를 제출해야 했다. 서비스나 상품이 늘 마음에 든 것은 아니었는데 부정적인 후기를 쓰지 못하도록 사전에 가이드를 받아야 했고 협찬이나 체험단을 위해 나의 일정을 조정하는 일은 생각보다 에너지가 쓰였다. 지금은 그때와 달라 여러 수고를 보수로 책정해 만족할 수준인지도 모르겠지만 당시엔 여러 가지가 버거웠고 지금말로 하자면 블태기, 블로그 권태기가 찾아오고 말았다.

아주 가끔 책 내용을 적기는 했다. 아무도 검색하지 않고 조회 수는 20 이하로 낮은, 정말 나와 몇몇의 지인들만 보는 리뷰였다. 반응이 없는 온라인 활동은 지속하기 힘들었지만, 복직 후 무력감에 허우적거릴 때라 뭐라도 하고 있다는 만족을 얻기 위해 기계적으로 리뷰를 썼다.

대단히 잘 쓴 글도, 뚜렷한 체계가 있는 글도 아니었지만 하나둘 쌓이기 시작하니 조금씩 검색이 되기 시작했다. 별로였던 책도 있었지만, 기록하기 시작하니 한두 문장 이상 기억하고 싶은 구절들이 찾아졌다. 어떤 책이든 반드시 좋은 점이 있었기에 누구에게도 무해한 게시물이 되었고 그것이 좋았다. 내게 별로였던 책이 누군가에게는 인생 책이 되기도 했고 나의 인생 책이 누군가에게는 별로였던 경우도 있었다. 그런 해석의 다양성도 좋았다.

하나둘 쌓이는 책 리뷰 포스팅이 그럴듯해 보이긴 했지만, 날카로운 분석도, 그럴싸한 서평도 아니었기에 도서 블로거가 되겠단 생각은 하지 않았다. 맛집 블로거라면 몰라도 도서 블로거는 내가 할 수 있는 영역이 아니라 생각했다. 조금씩 검색되는 것과는 차원이 다른 일이었기 때문이다. 책 리뷰 포스팅이 300여 개가 쌓여갈 때쯤 도전하는 거야 나만 아는 일이니 떨어져도 상관없다는 생각으로 도서 인플루언서에 도전했다. 시작은 그랬다.

도서 인플루언서들의 블로그를 방문해 보면 대문부터 입이 떡 벌어져 기가 죽곤 했다. 정갈한 섬네일, 방대한 독서량, 어떻게 저렇게 책 리뷰만 쓸 수 있는지 그 일관성과 소신에 압도되기도 했다.

나처럼 해서야 도서 인플루언서 되겠나?
나는 그냥 잡블이지(일상 및 잡다한 기록을 하는 블로거)
일상이나 리빙으로 도전해야 하나?

수많은 의심과 자기 비하 속에서도 포기하지 않고 8번이나 도서 인플루언서에 지원할 수 있었던 것은 책이 정말 나를 변화시켰기 때문이다. 힘들 때마다 가장 손쉽게 할 수 있는 일이 독서였기에 실패의 순간마다 책을 집었다. 취업에 실패했을 때, 공무원 시험에 떨어졌을 때, 새로운 업무에 버벅거리며 자신감이 곤두박질칠 때, 더 이상 내 인생은 존재하지 않는구나 싶어 막연한 우울감이 나를 덮칠 때, 막다른 골목이라 생각한 순간 책을 펼치면 언제나 새로운 길이 열렸다.

내가 쓴 도서 리뷰에는 위대한 통찰이나 그럴듯한 사진은 없었지만, 책을 읽기 전과 후가 확연히 다른 한 사람의 삶이 고스란히 담겨 있었다. 삶의 주도권을 남의 손에 넘겼던 사람이 나만의 곡을 연주하기 시작했고 좋은 사람이라는 평가를 받기 위해 눈치만 보던 사람이 나를 사랑하는 법을 배우게 된 이야기가 500여 권의 책과 함께 채워져 있었다.

전문적인 책 추천을 해 주는 사람도 필요하지만, 나같이 조용히 책을 읽는 삶도 분명한 변화를 경험하고 있다고 알리고 싶었다. 단순히 책 소개가 아닌 책에 나온 삶과 내 삶이 어떻게 연결되는지 고민하며 썼기에 잔잔하지만 확실한 마음의 파동을 함께 느끼는 사람들이 반드시 있을 거라 생각했다.

전형적인 내향인이 무력감에 휩싸일 때도 할 수 있는 일이 있다고, 그럴 때 이런 책을 읽으면 도움이 된다고 알려 주고 싶었다.

마음의 변화뿐 아니라 삶의 기준과 방식도 바꿀 수 있게 한 책을 만나고 소개하는 것이 즐거웠다. 누군가에게 영향력을 전할 수 있다면 책으로 하고 싶었다. 그래서 나는 떨어지고 떨어져도 계속 문을 두드릴 수밖에 없었다. 나만이 할 수 있는 이야기가 분명히 있다고 믿었다.

2
네이버 인플루언서의 혜택

태생이 셀럽인 사람도 있지만, 누구든 인플루언서가 될 수 있는 시대가 되었다. 오히려 평범한 사람의 도전과 과정은 더욱 주목을 끈다. 지금은 너무나 유명한 자기 계발 유튜버 주언규, 여행 유튜버 곽준빈, 이원지, 빠니보틀이 그렇다. 그들의 시작을 찾아보면 나와 다르지 않은 모습, 아니 오히려 이 점은 내가 더 낫겠는데? 하는 허술한 모습을 숨기거나 꾸미지 않고 자신만의 콘텐츠를 쌓았다는 공통점이 있다.

나는 여행 유튜버 이원지의 팬이다. 그녀의 초기 영상은 지금 그녀의 말투가 아닌 아나운서 같은 톤이었다. 차분하게 정리하려는 말투와 영상 중간중간 지루함을 덜어주려는 배경 음악은 걸어서 세계 속으로 같은 프로그램에 한참 못 미치는 아마추어 여행 브이로그 그 이상도 이하도 아니었다. 처음부터 독특한 말투와 쿨한 태도로 인기를 얻었다고 생각했는데 그런 영상이 349개가 쌓여 자신만의 철학이 생기고 의외의 재미, 공감 포인트로 구독자 76만 명의 원지의 하루가 된 것이다.

인플루언서가 된 그들이 버는 수익과 혜택은 이미 많은 사람들이 알 것이다. 그렇게까지 유명해지고 싶지 않은 사람도 블로그로 월급보다 많이 번다는 사람이 궁금하고 시중에 사이드잡으로 월급 벌기라는 책을 뒤적거린다. 도대체 블로그로 무엇을 하길래 월급보다 많이 버는 것일까? 너무 먼 곳에 있는 유명인들 말고 현재 네이버 도서 인플루언서인 평범한 내가 할 수 있는 이야기를 이제부터 해보려고 한다.

네이버는 여행, 패션, 뷰티, 푸드, IT 테크, 자동차, 리빙, 육아, 생활 건강, 게임, 동물(펫), 운동 레저, 프로스포츠, 방송 연예, 대중음악, 영화, 공연 전시, 도서, 경제, 어학 교육 20개 분야의 인플루언서를 선정하고 있다. 모든 분야에서 셀럽처럼 뛰어날 필요 없이 한 분야에서 나만의 전문성으로 네이버 인플루언서로 선정되면 얻게 되는 혜택은 다음과 같다.

1. 광고 수익

잘 알고 있듯이 광고 수익이 있다. 애드포스트를 신청하면 노출되는 광고 클릭 수에 비례해 수익을 낼 수 있다. 게시글의 주제에 따라 광고 수익 구조도 달라 높은 수익을 낼 수 있는 황금 키워드라는 게 떠돌기도 하지만, 자신의 블로그 주제에 맞는 게시글 작성이 무엇보다 중요하다.

▶ 헤드뷰 광고: 블로그 게시물과 토픽 최상단에 노출되는 광고로 콘텐츠에 방해되지 않으면서 뛰어난 노출과 수

익을 제공한다.

▶ 프리미엄 광고: 블로그 본문 중간 영역에 이미지/동영상형 광고로 노출되며 일반 광고보다 높은 보상을 제공한다.

▶애드포스트: 다양한 영역에서 추가로 일반 광고가 노출된다.

2. 검색 상위 노출

실제 내가 느끼는 가장 강력한 혜택이다. 인플루언서가 작성한 콘텐츠는 네이버 검색 결과에서 더 먼저, 더 많이 보이게 된다. 네이버 통합 검색 결과뿐 아니라 인플루언서 탭에서 한 번 더 노출이 가능하고 키워드 챌린지 참여시 일반 블로그보다 더 상위 검색 결과로 노출되기 때문이다. 자연스럽게 사람들은 상단에 있는 게시물을 클릭하게 되며 이는 광고 수익 및 브랜드 협업 가능성을 높이는 일이다. 최근에는 블로그, 포스트, 네이버 TV, 유튜브, 인스타그램 등 다양한 채널의 내 콘텐츠를 불러와 하나의 완성된 글로 큐레이션을 제공하는 토픽이라는 기능으로 또 하나의 노출 경로가 생겨 노출 및 수익의 가능성이 더 커졌다.

3. 브랜드 커넥트(대기업 및 브랜드와 협업)

네이버 인플루언서 센터는 주제별 전문성을 갖춘 인플루언서들에게 국내외 브랜드와 협업할 수 있는 비즈니스 기회를 제공한다. 블로거라면 레뷰라는 체험단 사이트를 알 것이다. 이전에 레뷰에서 각종 체험단을 신청했다면 브랜드 커넥트는 브랜드에서 제안한 캠페인(체험단)을 조회하여 나의 주제와 맞는 캠페인을 신청할 수 있다. 인플루언서는 신뢰도 높은 제휴 툴을 통해 브랜드와 협업하고 수익을 창출할 수 있으며 기업은 성공적인 마케팅 효과를 얻을 수 있다. 캠페인은 상품과 서비스만 제공되는 경우, 원고료까지 제공되는 경우 등 다양하며 투명하게 보상이 모두 제시되어 있다는 점에서 선택이 용이하다.

도서 인플루언서인 나는 이런 혜택 중 무엇이 가장 좋을까? 바로 검색 상위노출이다. 광고 수익을 이야기하자면 광고주가 누구인가에 따라 수익이 달라지는데 도서 분야의 광고주는 출판사가 유일하다. 때문에 나처럼 무명 인플루언서는 큰 광고수익이나 원고료는 기대하기 어렵다. 하지만 검색 상위노출은 다른 사람보다 내게 기회가 먼저 주어진다는 의미이다. 무엇을 하든 먼저 기회를 잡을 수 있다는 것은 출발선 앞쪽에 선다는 의미다. 어떤 도전을 하고, 어떤 기회를 잡을 것인가는 오직 내게 달려있다.

3
네이버 인플루언서 어떻게 되나요?

무엇이든 초록 창에서 검색하면 찐 후기와 살아 있는 지식이 나오던 때와 달리 무상으로 제공받아 작성한 후기, 업체에서 작성한 광고 같은 뒷광고가 생겨날 무렵 네이버는 인플루언서라는 일반인 전문가를 양성하기로 한다. 틀에 박힌 공식 정보와 광고가 아닌 우리 동네 나의 친구가 작성한 것 같은, 하지만 양질의 정보를 제공하려는 시도가 아니었을까 싶다. 또한 네이버는 시즌을 나누어 다양한 챌린지를 진행하고 있는데 체크인 챌린지를 열정적으로 참여했던 기억이 난다. 체크인 챌린지는 방문했던 곳의 후기를 남겨 나만의 장소 기록을 작성하는 활동으로 개인의 경험(개별성)과 작성자의 기록(신뢰성)이 보증된 챌린지였다. 내 입장에서는 나의 블로그를 불특정 다수에게 알릴 수 있는 챌린지이기도 했기에 끝까지 완주하는 재미가 있었던 것은 물론이다.

네이버가 1위 검색 엔진이 되면 네이버만 좋을까? 네이버 인플루언서에게도 좋다. 더 많은 사람들이 네이버에서 검색할 것이고 정보를 얻기 위해 나의 블로그로 더 많이 유입될 수 있기 때문이다. 사람들이 많이 찾는 블로그는 이전보다 더 높은 수익과 다양한 기회를 기대할 수 있다. 그럼 네이버 인플루언서는 어떻게 선정되는 것일까?

인플루언서 선정 기준을 네이버에서 공식적으로 발표한 적은 없지만 네이버가 어떤 플랫폼인지 생각해 보면 길이 보인다. 위에 언급했듯 검색 시장에서의 위치, 진행하고 있는 챌린지를 생각하면 네이버는 정확한 정보, 양질의 콘텐츠를 필요로 하고 있다는 것을 알 수 있다. 또한 분야를 나누어 인플루언서를 선정함으로써 누구나 아는 정보가 아닌 전문적인 이야기를 다양한 방식으로 제공하기를 원하고 있다. 인플루언서에 도전하고 실패한, 그리고 성공한 사람들의 팁을 들어보면 공통적으로 개별화된 전문성을 이야기한다.

검색 시장이라는 네이버만의 특성을 더해 네이버 검색 공식 블로그에서 말하는 '좋은 문서'의 특성을 살펴보면 실제적인 도움을 얻을 수 있다.

[좋은 문서의 특성]

https://blog.naver.com/naver_search/223367781299

① 신뢰성 있는 정보 : 신뢰할 수 있는 정보를 기반으로 작성

② 솔직한 경험 : 상품/서비스/장소 등에 대해 본인이 직접 경험하고 솔직하게 작성

③ 독창적 정보 : 다른 문서를 복사하거나 짜깁기하지 않고, 독자적 정보로서 가치 보유

④ 심층적 구성 : 해당 주제에 대해 도움이 될 만한 충분한 길이의 정보와 분석 내용 포함

⑤ 좋은 가독성 : 글을 읽는 사용자가 쉽게 읽고 이해할 수 있게 작성

VIEW 검색에 적용되고 있는 2가지의 알고리즘, 출처의 신뢰도를 분석하는 C_RANKCreator Rank와 문서의 정보성을 분석하는 DIADeep Intent Analysis 로직을 굳이 더해 생각하지 않아도 네이버가 신뢰도와 정보성 거기에 개별화된 전문성과 가독성까지 요구하고 있음을 알 수 있다. 검색하는 사람들이 궁금해하는 정확한 정보이되 공식 홈페이지에서 제공하는 틀에 박힌 정보가 아닌 개인 맞춤형 후기여야 한다.

그런데 사실 이 또한 확실한 답은 아니다. 나 역시 셀 수 없을 만큼 많이 탈락했고 습관적으로 도전을 반복했다. 내가 신청한 이 회차에 쟁쟁한 사람이 많았구나, 다른 사람들이 도전을 쉴 때 기회를 잡아야지 하며 기계적으로 신청하다가 어느 날 갑자기 첨부 파일(인플루언서 안내서)이 붙은 메일을 받은 것이다. 물론 분야를 바꿔서 도전하기도 했고, 신청하는 기간엔 선택 분야가 아닌 글은 발행하지 않기도 했다. 그런데 합

격 기준에 맞춰 도전했으나 합격하지 못하는 경우가 어디 인플루언서 하나뿐이겠는가? 그래도 네이버 인플루언서가 되기 위해 노력한 흔적들은 내 블로그에 고스란히 기록으로 남았다. 실망하고 낙심했지만, 의미 없는 일은 아니었다.

김연아에게 메달을 따고 다음 시즌을 준비할 때 어떤 마음이었냐는 질문에 김연아는 이렇게 답한다. 어떤 각오 같은 것은 없었다. 그냥 했다. 매사 그런 것 같다. 방향을 정했다면 그냥 한다. 계속한다. 아무리 도전해도 손해날 것이 없다. 기록은 계속 쌓이니까.

4

내 콘텐츠 찾아 집중하기

처음 블로그를 시작하면 어떤 포스팅을 해야 할지 고민이 될 수밖에 없다. 평소 유명한 블로그를 자주 방문했다면 비교하는 마음에 시작이 더 어렵다. 내 블로그에 가장 좋은 것들로만 꽉 채우려는 욕심을 내려놓으면 어떨까? 잘하려는 마음까지는 그럴 수 있지만 모든 포스팅에 타깃과 목적을 설정하여 양질의 정보를 담을 수는 없다. 우선 내가 재밌는 SNS 활동이어야 한다. 그래야 지속할 수 있다.

나는 섬네일이나 카드 뉴스, 감성 사진에는 재주가 없었다. 대신 매일 떠오르는 이야기가 많았다. 사실은 아무도 물어보지 않는 이야기였지만 나로서는 어딘가에 풀어놓고 싶었다. 한두 명쯤은 공감해 주지 않을까? 하는 기대와 적어도 미래의 나는 과거의 나를 재밌어할 거란 생각에 이야기가 떠오를 때마다 포스팅했다. 카드 뉴스나 사진에 흥미가 있다면 인스타그램이나 그에 맞는 플랫폼을 찾아 짧은 글을 올릴 수도 있다. 브런치라는 글쓰기 플랫폼도 운영하고 있지만, 전문적이거나 인사이트가 가득한 글을 써야 할 것 같은 부담감에 지금은 꽤 멀어졌다. 적당한 사진과 주절주절하는 글을 써도 크게 눈치 보이지 않는 블로그가 내겐 맞춤이었다. 큰 에너지를 쓰지 않고 지속적으로 할 수 있는 이야기, 그리고 나에게 맞는 플랫폼이 무엇인지 아는 것이 중요하다.

아무리 편안한 글쓰기라도 하는 재미가 있어야 하는데 통계 분석–사용자 분석–유입 분석을 들여다보면 지루하다가도 흥미가 생겼다. 도서 인플루언서가 되기 전에는 다양한 주제의 포스팅이 많았기에 어쩌다 책 제목이 유입 분석의 순위

안에 들어오면 마냥 신이 났다. 조회수에서는 재미가 없었지만 내가 올린 글 중 가장 유의미한 키워드가 무엇인지 살펴보면서 그와 비슷한 결의 책을 읽고 글을 썼다. 그리고 나와 같은 책을 읽은 다른 사람의 리뷰를 검색해 그 사람이 읽은 다른 책은 무엇인지 궁금해하며 읽어야 할 책의 리스트를 더해갔다. 같은 책을 읽었다면 관심사나 추구하는 방향이 비슷할 수 있으니, 상대의 관심 이웃들이 내 블로그를 찾아올 수 있다고 생각했기 때문이다.

점유율은 낮았지만 어쨌든 검색해서 내 블로그에 들어오는 사람이 있다는 것이 신기했다. 전혀 모르는 사람들이 책 제목 검색만으로 연결되어 내적 친밀감을 느낀다는 것도 흥미로웠다. 책 리뷰 포스팅의 조회 수가 20회에 그칠 때에도 내 글을 정기적으로 읽어준다는 것에 감사했고, 요즘 사람들은 책을 안 읽는다는데 20명이면 많은 거지! 정신 승리하며 우울한 시기를 버티기도 했다. 내 마음이 책에 있었기 때문이다. 다른 주제의 글을 써 보려는 노력도 했지만, 마음을 재지 않고 지속적으로 쓸 수 있는 분야가 책이었다.

어떤 콘텐츠에 집중할지 결정하기 위해서는 선택지가 있어야 한다. 최소 두 가지 이상의 주제로 게시물을 작성해 봐야 한다는 뜻이다. 나는 잡블로거였다. 육아 일상 원예 경제 맛집 도서 리빙 공연 전시 여행 등 안 써 본 분야가 없다. 그리고 이 모든 분야의 인플루언서에 도전했다. 대단한 각오와 목적의식을 가지고 한 것은 아니지만, 가벼운 마음으로 한 것도 아니었다. 지금은 나의 콘텐츠가 명확히 보이지만 당시엔 어느 주제에 집중해야 할지 가늠하기가 쉽지 않았다. 결국 책이라는 콘텐츠로 이렇게 책까지 쓰고 있는 나를 보면 지속성이 가장 중요한 것 같다. 관심 있는 분야의 인플루언서가 발행한 게시물들을 보며 내가 더 잘할 수 있는 콘텐츠를 택하는 것도 좋지만, 누가 뭐래도 계속할 수 있는 콘텐츠를 택하면 오래갈 수 있다.

한 가지 팁을 더하자면 '나를 추가한 이웃'이 누구인지 이웃 추가가 들어오면 해당 블로그를 방문해 살펴봤다. 블로그 소개가 없는 이웃도 있지만 최근엔 책에 관심이 많은 워킹맘, 또는 20~30대 직장인들이 많은 편이다. 나를 추가한 이웃을 살펴보는 이유는 내 블로그를 구독하는 타겟층이 어떤 사람인지 파악하기 위해서다. 나를 구독해 주는 사람들의 니즈를 살펴보고 그에 맞는 책을 찾아 읽는 노력을 한다. 그리고 포스팅을 하고 나면 반드시 유입어 검색을 했다. 이 방향이 맞는지, 관심도가 어떤지 사후 분석을 하는 것이다. 포스팅 전에 블랙 키위나 네이버 데이터 센터를 활용해 황금 키워드를 찾는 노력을 하면 더 좋지만 난 가늘고 길게 가는 게 목표라 최소한의 노력으로 꾸준히 관리하는 편을 택했다.

결론을 말하자면 내 일상에 스며들어 있는 활동 중 누가 시키지 않아도 지속할 수 있는 것을 힘 빼고 쓰면 된다. 삶의 크고 작은 이벤트 속에서도 흐름이 끊기지 않는 콘텐츠, 이렇게도 저렇게도 변주하며 써도 큰 에너지가 쓰이지 않는 이야기가 나의 콘텐츠다. 내가 가진 이야기를 세상이 원하는 콘텐츠로 다듬는 노력들은 나의 속도에 맞게 발전시키면 된다. 지치지 않고 계속하는 사람이 무엇이든 해낸다. 마음과 에너지를 뺏기지 않으려면 페이스 조절이 중요하다. 하나씩 천천히, 서툴러도 지속적으로, 그것만큼은 내가 지지 않는다는 생각으로.

5

독후감이든 서평이든 써야 하는 이유

리뷰(독후감)와 서평은 조금 다른 성격을 가지고 있다. 독후감은 한자 그대로 책을 읽고 난 후의 감상이라면 서평은 책과 저자에 대한 객관적인 정보와 지식, 사회에 미치는 영향이나 시사점 등을 그야말로 평하는 작업이다. 습관 형성을 위해, 또는 나의 기록을 위해 시작한 독후감이 많은 사람에게 가닿기 시작하면 보다 객관적인 시선으로 정확한 정보와 다양한 자료를 참고해 쓰는 서평 쓰기로 넘어가야 한다. 하지만 서평을 제대로 쓰겠다는 마음에 자료만 찾다 이내 포기할 것 같다면, 꾸준히 나만의 시각으로 독후감을 계속 쓰는 게 나을 수도 있다.

어쨌든 읽었다면 기록해야 한다. 이유는 너무나 단순하고 명확하다. 기록하지 않으면 기억이 나지 않으니까. 메모, 필사, 일기, 독후감, 서평까지 기록의 결과물은 다양하다. 책을 읽고 난 후 어떤 방식을 거치든지 자기화를 거쳐 한 줄 메시지를 남기는 것을 목표로 하면 좋겠다. 메모와 필사를 통해 떠오르는 질문, 그에 대한 답을 찾는 과정을 적으면 독후감이 될 수 있고 좀 더 객관적인 시선으로 사회에 적용하며 근거를 덧붙이면 서평이 될 수도 있다.

책을 읽는 속도가 책을 사는 속도를 이기지 못한다. 당장 내일이라도 읽을 것처럼 침대 머리맡에 쌓아두지만, 하루하루 쌓이는 책이 많아지자 조급증이 생긴다. 책장에 슬며시 꽂으며 혼잣말을 한다. *'좋은 책이니까 꺼내 볼 날이 분명히 있을 거야. 우선 여기 보관!'* 당연하게도 '그날'은 차일피일 미뤄진다. 하지만 나란히 꽂힌 책 등을 보면 행복하다. *'내가*

이런 분야에 관심이 있었구나!' '이때는 참 지독히 외로웠구나?' 책 제목만으로도 나의 관심사와 심리 상태를 파악하는 재미에 한참을 책꽂이만 쳐다보기도 한다. 그런데 여기에 기록까지 더해진다면?

기록은 결과물이다. 누구든 결과물을 마주하면 뿌듯해질 것이다. 내가 책 리뷰를 쓰기 시작한 때는 우울감 비슷한 감정이 찾아왔을 때다. 무엇이든 읽어야 했고 어떤 것이든 생산물이 있었으면 했다. 그렇게 기계적으로, 습관적으로 했던 일들조차 성취감을 주었다. 지금은 과정에 조금 더 집중하는 사람이 되었다. 기록이라는 결과물을 남기기 위해 잠시 머물러 생각하는 시간이 좋아진 것이다. 문장에 머무르는 시간을 당연하게 생각하자 조금 어려운 책도 집어 들 용기가 생겼다. 무슨 이야기인지 해석하기 위한 시간이 나를 위한 선물처럼 느껴지기도 했다. 엉터리 같은 해석도, 일차원적인 결론도 괜찮다. 기록하는 만큼 나의 시간이 쌓인다면, 내일은 좀 더 깊어질 거라는 확신이 있었기 때문이다.

《거인의 노트》에서 김익한 저자는 기록이 지금 당장 사용할 수 있는 가장 빠르고 손쉬운 삶의 무기라고 했다. 저자의 생각에 동의한다. 아니 동의할 수밖에 없었고 격하게 동의하고 싶었다. 내겐 특별한 재능이 없었으니까. 내가 할 수 있는 것은 일상을 소중히 여기고 책을 좋아하는 마음밖에 없었으니까. 내가 했던 기록들은 다음과 같다.

- 책: 책을 읽어도 기억에 남지 않아 블로그에 리뷰를 쓰기 시작했다. 책 제목과 좋았던 문장을 쓰는 정도로 시작했다.
- 감정: 늘 짜증이 난다는 내 말에 친구는 구체적으로 뭐 때문에 화가 났는지 물었다. 대문자 T인 그녀의 질문에 더 짜증이 났지만 대답하고 싶었다. 그래서 쓰기 시작했다. 무엇이 나를 화나게 하는지. 나를 괴롭히는 상황이 무엇인지 하나씩 적어봤다. 특정 상황에서 반응하는 나의 감정 버튼의 원인을 찾으려 노력했고, 관련 책을 읽으며 다시 내 감정을 확인했다.
- 꿈: 하고 싶은 일이 있는데 되는 일은 없고 인생이 허무

하게 느껴질 때 구체적인 꿈의 내용을 적었다. 왜 지금 할 수 없는지, 안 되는 이유가 무엇인지 적어 보니 특별한 이유가 없음을 발견했다.

위의 3가지 기록만으로 나는 달라졌다. 내가 생각하는 기록의 힘이다. 내 개인의 기억과 감정에 의존한 기록도 나를 변화시키는데, 유명 저자들의 삶이 응축된 책을 읽고 자기화를 거친 기록이라면 반드시 원하는 변화를 가져다줄 것이다.

아이들이 다니는 치과 선생님이 늘 하시는 말씀이 있다.

"치실 안 하면 양치질한 거야? 안 한 거야? 안 한 거야~ 치실 꼭 해야 해. 알겠지?"

선생님의 타이르듯 부드러운 말투로 나도 이런 말을 해 본다.

"책 읽고 기록 안 하면 책 읽은 건가요, 안 읽은 건가요? 안 읽은 거예요~ 책 읽고 기록 꼭 해야 합니다. 알겠죠?"

6

책
언제 읽나요?

가장 많이 받는 질문 중 하나이다. 일하면서 육아하면서 어떻게 그 많은 책을 읽냐는 것이다. 직장을 다닐 때는 오히려 독서 시간이 확보되어 있었다. 바로 지하철 출퇴근 시간이다. 집에서 직장까지의 거리가 1시간 이상이었기 때문에 적어도 왕복 2시간은 내게 주어진 독서 시간이었다. 신분당선 지하철을 타고 강남역까지 다닐 때는 사람이 너무 많아 책을 펼칠 공간이 없을 정도였는데 그때는 출퇴근 시간이 징글징글하게 싫어 현타가 오는 날이 많았다. 나 역시 책을 읽기 싫은 날이 많다. 그런 날은 억지로 읽으려 하지 않고 좋아하는 음악을 듣거나 보고 싶었던 드라마를 보기도 한다. 그렇게 잠시 현실을 벗어났다가 마음이 진정되면 쉽게 읽히는 에세이 종류를 골라 전자책으로 읽곤 했다.

퇴근 후에 책을 읽는 습관은 없었다. 하루 두 시간만 읽어도 꽤 많은 책을 읽을 수 있기 때문이다. 독서 모임의 운영과 참여를 위해서 과제처럼 책을 읽어야 할 때는 퇴근 후의 시간을 활용했다. 아무리 책을 좋아해도 퇴근 후, 피곤한 몸을 일으켜 책 내용을 정리하거나 숙제처럼 빠르게 읽는 것은 내키지 않는 일 중 하나였다.

언제나 재밌는 일만 할 수 없다. 꾸준히 하려면 우선 재미가 있어야 하고 어느 정도의 성과가 따라와야 지속할 수 있지만, 반드시 힘든 구간을 만난다. 독서 모임을 준비하는 과정이 그랬다. 좋아하는 책을 목적 없이 읽어 내려갈 때는 힘든 줄 몰랐지만, 모임을 이끈다는 생각을 하면 모든 게 귀찮아지기도 했다. 그래서 '일'로 여기며 꾸역꾸역 책임감으로 감당하는 순간이 많았음을 고백한다. 운영자로서의 책임, 책을 좋아하는 사람으로서의 책임, 내 삶에 대한 책임이라 생각하면서 퇴근 후 작업을 했다.

주말에는 주로 외출했기 때문에 주말 독서가 많지는 않았지만, 컨디션이 좋지 않아 집에서 쉴 때는 침대에 누워 종일 책 보다 자다 책 보다 자다 하는 시간을 가지기도 했다. 생각보다 책 읽는 시간이 많지 않아 놀라실 수도 있는데 내 독서의 핵심은 병렬 독서였다.

책 구매도 많이 하는 편이라 새 책이 늘 쌓여 있는데 내용이 궁금해 한 권씩 들여다보는 게 시작이었다. 한 권을 끝까지 읽는 게 아니라 오늘은 이 책, 내일은 이 책, 매일 다른 책을 가방에 넣었고 가끔 너무 흥미진진한 책은 연속으로 챙겨 하루 이틀 만에 다 읽기도 했다. 엄청난 다독가겠거니 생각하신다면, 그렇지는 않다. 침대 머리맡에도, 화장대에도, 책상에도, 가방에도, 회사에도 손을 뻗으면 책이 있어 무의식적으로 책을 집어 들 수 있는 환경을 설정했을 뿐이다. 장소마다 집중할 수 있는 주제가 다르기에 저마다의 읽는 재미가 있었고, 만약 재미없는 책이라면 보이지 않는 곳으로 치우기도 했다. 재미없는 책 한두 권 때문에 모든 책이 꼴 보기 싫어지는 일은 막아야 하기 때문이다.

나는 육아가 시작될 때 놓았던 책을 다시 읽은 케이스다. 물론 신생아 때는 삐뽀삐뽀나 수면에 관한 책만 겨우 찾아 읽었을 뿐이지만, 아이가 앉아서 놀 때쯤, 육아에 한숨 돌리며 아이 자는 시간이 아닌 깨어 있는 시간에 책을 읽기 시작했다. 시간을 확보하기 위해 아이가 자기만을 바라는 내가 싫었기 때문이다. 나쁜 일 하는 것도 아닌데 아이가 놀고 있을 때 책을 읽는 게 어떤가 싶은 마음이 들었다. 아이들은 한순간 사고가 나기 때문에 길게 읽을 수는 없어서 호흡이 긴 책보다 짧게 끊어 읽을 수 있는 단편소설이나 강의가 모여진 책들을 주로 읽었다. 본격적으로 책을 읽는 내 시간이라고 생각한 것이 아니라 보너스로 주어진 시간이었기 때문에 분량이나 총 시간에 연연하지 않았다. 그런 마음이라 더 부담 없이 기쁘게 책을 읽을 수 있지 않았나 싶다.

자신의 바이오리듬을 알면 시간을 효율적으로 쓸 수 있다. 많이 읽는 것이 중요한 게 아니라, 책을 읽고 변하는 것이 중요하기 때문에 책의 내용을 온전히 받아들일 수 있는 컨디션일 때 잠깐씩의 몰입 독서를 하는 편이다. 통으로 독서하는 시간을 확보하려 노력하기보다 틈나는 시간에 집중할 수 있는 다양한 장르의 책을 비치하고 내 일과의 흐름을 정확히 파악하는 게 도움이 된다.

예를 들어 식사를 준비할 때(주로 긴 시간 불 앞에 서야 하는 요리 시간)는 전자책이나 칼럼을 읽고, 주방 정리까지 마친 시간에는 식탁에 그대로 앉아 자기 계발서나 신앙 서적을 읽는다. 아이들이 왔다 갔다 하는 시간에 책을 읽으려고 하지 않는다. 괜스레 아이들에게 시끄럽다고 화를 내거나 방해하지 말라고 짜증을 낼 수 있기 때문이다. *'내가 이러려고 책을 읽나? 됐다, 내 주제에 책은 무슨'*이라는 자조적인 포기가 일어나지 않도록 미리 차단하는 것이 중요하다. 줄거리의 흐름을 따라가야 하는 소설도 집에서는 잘 읽지 않는 편이다. 소설은 주변 상황에 영향을 받지 않고 몰입해서 읽을 수 있기에 지하철이나 카페에서 읽기 좋은 장르다.

책을 사거나 빌려오면 정독을 하기 전에 이 책을 언제 어느 장소에서 읽으면 좋을지 먼저 훑어보기를 권한다. 생각보다 어려운 책이 있고, 쉽게 읽히는 책이 있기 때문에 시간과 장소에 따라 분류를 해두면 좀 더 효율적으로 책을 읽을 수 있다. 책을 분류하는 것처럼 나의 에너지 상태도 체크를 해둔다. 언제 가장 집중할 수 있는지, 하루 중 가장 효율성이 높은 시간이 언제인지, 내게 적정한 수면 시간은 총 몇 시간인지 내 시간의 흐름, 내 몸의 컨디션을 체크하여 생활한다면 틈새 시간을 흘려 보내지 않을 수 있다.

좋아하는 일을 죄책감 없이 하는 것이 중요하다. 좋아하는 일에도 책임이 따른다는 것을 잊지 말고 역할에 따라 해야 하는 일을 우선적으로 처리한 후 짧은 시간이라도 편안한 마음으로 책에 집중하자. 분명 더 즐거운 독서를 할 수 있을 것이다.

7

책
어떻게 읽나요?

'책을 어떻게 읽나요?'라는 질문에 어떤 답을 할 수 있을지 고민이 됐다. 시간을 내어 읽고 싶은 책을 펼쳐 읽으면 되는 거 아닌가? 고개를 갸우뚱하다 천천히 생각해 봤다. 질문자는 내가 책을 읽는 방법이 혹시 따로 있을지 또는 자신의 독서법을 수정하고 싶어서 물어봤을지 모르니 하나하나 정리를 해보자 싶었다.

추천이든, 임의로 책을 골랐든 어쨌든 책 한 권을 읽기 시작할 때의 흐름을 쉽게 설명하기 위해 나도 실제 책 한 권을 예로 들려고 한다. 네이버에서 브랜드 경험 기획을 담당하고 있는 김도영 님의 《기획자의 독서》다. 우선 눈에 들어오는 것은 심플한 표지다. 무조건 표지와 책의 외관이 먼저 들어온다. 표지가 만화책 같다고 생각하며, 오른쪽 아래 출판사를 살폈다. 위즈덤 하우스네? 어떤 사람이 어떤 내용을 썼는지가 가장 중요하다면, 출판사 역시 중요하게 보는 편이다. 출판사에 따라 책을 사지 않는 경우는 드물지만, 출판사를 보고 아묻따 구매하는 경우도 있기 때문이다. 대형 출판사에서 표지 디자인을 아무 생각 없이 하지 않을 테니 무에서 유를 창조하는 기획의 본질을 담은 것인가? 멋대로 생각해 본다.

왼쪽 아래, 세로로 '오늘도 책에서 세상과 사람을 읽는 네이버 브랜드 기획자의 이야기'라고 적혀 있다. '네이버'라는 이름을 힘입어 자신의 브랜딩 성공 사례를 이야기하겠구나 막연히 생각했다. '독서'라는 제목이 있지만 '브랜딩' 책이겠구나 싶어 흥미가 조금 떨어졌었다.

여기서 이 책에 대한 나의 기대가 은연중에 나왔다. 책을 읽는 목적이 되겠다. 나는 기획자의 책 선택, 책에서 얻은 영감이 눈에 보이는 기획물로 나오는 과정이 궁금했다. 네이버라는 국내 최대 플랫폼 기획자의 생각하는 방법을 배우고 싶었다. 그냥 읽는다고 대답할지언정 내심 누구에게나 책에서 얻고 싶은 것이 있다. 책을 통해 얻고 싶은 것, 배우고 싶은 것을 읽는 내내 잊지 말라고 말씀드리고 싶다. 목적을 잊을 정도로 흥미진진한 책을 제외하고 애초에 내가 기대한 것과 다른 책일 경우는 과감히 책을 덮을 수 있으니 말이다. 세상에 널리고 깔린 게 책이다. 목적에 맞는 책을 읽어야 오래가는 즐거운 독서를 할 수 있다.

다음은 책날개의 저자 소개를 본다. 기획하는 사람의 눈으로 책을 들여다보고 그렇게 모인 생각의 조각들을 기획자로서의 본업에 적극 활용하고 있다는 설명을 보며 좋다고 생각한다. 다음은 목차를 살핀다. 저자 소개의 말처럼 내 기대를 충족해 줄 수 있는 내용인지 예상하며 목차 중 당장 읽고 싶은 부분이 어딘지도 눈여겨본다. 내 욕망이나 필요를 담고 있을 가능성이 크다. 이 책은 프롤로그가 먼저 나오는데 보통 나는 목차부터 살핀다. 프롤로그도 읽긴 하지만 책이 생각보다 좋았을 경우 다시 읽는 경우가 많기 때문에 처음부터 중요하게 보지는 않는 편이다.

목차의 전개가 마음에 든다. 꼭지의 제목은 내용을 예상하기 어려웠지만, 파트를 나눈 기준이 마음에 들어 내가 원했던 읽고 생각하고 펼치는 과정을 얘기해 주리란 기대가 배가 되었다. 섣불리 판단하려 했던 마음은 접어 두고 찬찬히 선생님의 가르침을 배우듯 읽겠다는 다짐이 더해졌다.

즐거운 마음으로 책 뒤표지를 살펴본다. 역시 쟁쟁한 사람들의 추천사가 있지만, 추천사를 그리 신뢰하는 편은 아니다. 악평을 써줄 사람에게 추천사를 부탁하겠는가? 이 정도의 공신력이 있는 사람이구나 감탄하는 것에 그친다.

책을 읽는 태도, 마음가짐이 중요하다. 저자가 이런 이야기를 하겠지? 예상하며 맞추는 재미도 있지만, 아는 이야기를 해도, 뻔한 이야기를 해도 새로운 관점이 있을 수 있다고 겸손하게 수용하는 자세가 중요하다. 물론 서두에 말씀드렸다시피 이 책을 선택한 목적과 다르거나, 도저히 읽을 만하다는 판단이 서지 않는다면 과감히 중단해도 좋다. 그게 아니라면 나와 같은 생각을 만나면 반가워하면서 저자의 논리를 통해 내 논지에 힘을 보태는 기회로 삼을 수 있다. 또는 전혀 새로운 관점, 평소에 생각하지 못했던 분야와 주장을 발견하면 저자의 생각을 뒷받침해 준 책이나 경험들을 더 유심히 기억하려 노력한다. 책이 아니면 배울 수 없는 것들이기 때문이다. 두 가지 경우 모두 기록이 필수다. 너무 아는 얘기라 따로 적어두지 않아도 알 것 같지만 전혀 생각나지 않는다. '그거 뭐더라? 어디서 봤더라? 암튼…… 어디서 봤는데.' 라며 신빙성 없는 이야기만 할 가능성이 매우 높다.

와닿는 문장, 기억하고 싶은 부분을 발견하면 책 귀를 접어두는 편이다. 많은 독서가들이 책을 지저분하게 본다고 하지만, 나의 경우는 깨끗하게 보려고 노력한다. 많은 책을 제한 없이 보려면 경제적으로나 공간적으로나 자유로워야 하는데 돈과 공간 모두 한정적인 자원이기 때문이다. 그래서 요즘은 책 귀도 접지 않고 사진을 찍어둔다. 사진을 찍어두면 블로그에 리뷰를 쓸 때도 유용하게 쓰이고 사진첩에 자꾸 등장해서 리뷰를 미루지 않게 된다. 1 회독이 끝나고 정말 좋은 책이라 생각하면 소장할 생각에 밑줄을 다시 긋는다. 완독으로 충분하다 생각한 책은 노션에 문장을 옮겨 적고 곧바로 온라인 서점에 되팔기를 한다. 경제적으로나 공간적으로나 조금의 자유를 확보하는 방법이다.

책을 읽고 나면 리뷰를 빠르게 쓰는 편이다. 사진첩의 사진을 지우기 위해서다. 핸드폰의 용량도 소중하니까. 노션과 블로그에 기록으로 남겼으면 충분하다고 생각하고 언제든 필요할 때 찾아본다. 나의 책 한 권 읽기는 늘 이런 흐름을 거친다.

8

책 읽고 리뷰 쓰는 법

잡블로거로 조회 수와 방문자 수 느는 맛에 게시물을 작성하던 내가 책 리뷰를 시작했으니 어떤 체계가 있을 리 없었다. 신간 도서나 베스트셀러 위주로 게시물을 작성하면 유입을 높이는 데 도움이 되었지만, 매번 신간을 소개할 수 없었기에 한계가 있었다. 지금 생각해 보면, 어떤 전략 없이 내 마음 편한 대로 마구잡이로 글을 썼던 게 오히려 첫 번째 전략이 아니었나 싶다.

1. 전략 세우지 말고, 비교하지 말고, 우선 마음이 가는 대로 쓴다.

시작하는 사람의 처음은 초라하고 미숙한 것이 당연하다. 그런데 시작부터 이미 유명한 블로거나 인플루언서의 글과 비교하면 아무것도 할 수 없다. 전략을 세우고 효율적인 방법을 찾느라 시간과 에너지를 낭비하기도 한다. 언제든 변경해도 되는 블로그 닉네임이라도 온라인에서의 나의 첫인상이기에 잘 짓고 싶은 마음 나도 잘 안다. 하지만 블로그 닉네임을 뭐로 할지 한 달 넘게 고민만 하다 결국 나중으로 미루는 경우보다 일단 시작이 낫지 않을까? 지금 생각나는 대로, 주먹구구로 우선 시작하는 게 가장 빠른 길이다. 시작이 빠를수록 나만의 이야기가 더 많이 쌓여 시행착오 자체가 누군가에게 도움이 될 수 있다.

처음은 어설프고 아마추어 같을 수밖에 없음을 인정하자. 어설픈 기록이라도 한 공간에 채우는 것이 중요하다. 나의 메시지가 무엇인지 알려면 충분한 양의 기록이 모여야 보인다.

처음부터 나의 메시지를 명확히 알고 시작하는 사람은 아마 없을 것이다. 이미 유명한 사람이 아닌 평범한 우리의 메시지와 방향은 수많은 시도와 다양한 콘텐츠 속에서 발견되는 거라고 생각한다. 강사가 아닌 이상 제대로 된 문장으로 표현한 적이 없었기 때문에 기록이 쌓인 뒤에야 이게 나의 메시지구나 알아차리는 것이다.

나 역시 내가 쓴 책 리뷰를 읽으며 알게 된 것이 있다. 과학책을 읽어도, 자기 계발서를 읽어도, 소설을 읽어도 언제나 비슷한 맥락의 메시지를 글로써 전하고 있다는 사실이다. 나는 이런 필터를 가진 사람이구나 한참 후에야 알게 됐다. 그러니 고민은 그만하고 하루빨리 어떤 기록이라도 시작하시기를 바란다.

2. 질문을 품고 책을 읽는다. 질문에 답한다는 생각으로 리뷰를 작성한다.

어느 정도 리뷰의 양을 채웠다면 한 가지 질문에 답을 얻겠다는 생각으로 책을 읽는다. 무엇을 하든 목적의식을 가지라는 자기 계발서의 가르침을 책 리뷰에 적용하는 것이다. 시간과 노력을 투입해 책을 읽었음에도 시간이 지나면 '이 책을 읽었나?' 가물가물해지는 경험 누구나 있을 것이다. 그런데 어떤 책이 내게 답을 줬다면? 쉽게 잊을 수 없을 것이다. 모든 책에는 저자만의 답이 담겨 있는데 그 답은 질문하는 자에게만 보인다. 어려운 질문을 하는 것이 아니다. 가령 최근에 나는 김연수 작가의 《너무나 많은 여름이》라는 소설을 읽었는데 이런 질문을 품는 것이다. 너무나 많은 여름이 그를 어떻게 변화시켰다는 것인가? 왜 하필 여름이었을까? 나의 여름엔 무슨 일이 있었으며 올해 여름을 어떻게 기억하고 싶은가? 같은 질문도 괜찮다. 책을 읽으면서 질문은 수정될 수 있고 나의 질문이 얼마나 우스운지 또는 얼마나 예리했는지도 파악할 수 있다. 최소한 난 2023년의 여름을, 그리고 김연수 작가의 이 책을 읽었다고 기억할 것이 분명하다.

3. 나는 생각이 달라, 다른 입장에서도 생각해 보기

책 중엔 나와 생각이 전혀 다른 이야기도 있다. 다른 관점을 배운다는 생각으로 수용할 수 있다면 새롭게 알게 된 것을 쓰고 전혀 동의가 되지 않는다면 무조건적인 비난이 아닌 내 생각을 뒷받침해 주는 근거와 자료를 찾아 기록해 둔다. 예를 들어 한스 로슬링의 《팩트풀니스》라는 책에서는 세상을 오해하게 만드는 10가지 본능을 설명한다. 저자는 통계를 근거로 세상이 생각보다 나아지고 있다는 가능성 옹호론자였지만, 나는 아무리 정확한 통계와 자료가 뒷받침되고 있어도 그 자료를 조합하는 개인의 가치 판단에 의해 다른 메시지를 줄 수도 있다고 썼다. 이 책의 내용이 틀렸다는 것이 아니라 통계와 자료는 중립적인 자료이고 주장하는 사람의 의지에 따라 결론이 수정될 수 있다고 생각했기 때문이다. 이와 관련한 책을 찾아보고 글감을 첨부해 함께 읽어보면 균형적인 시각을 갖는 데 도움이 된다.

4. 회색 인간은 안 돼. 나만의 필터를 장착하자.

나의 책 소개는 누가 읽어도 상처받는 사람이 없도록 무해한 내용을 지향하는데, 그 때문에 오히려 누구에게도 공감받지 못하는 게 아닐까 하는 걱정을 하기도 했다. 그런데 생각을 전환하니 '열린 마음'이라는 필터를 얻게 됐다. '그럴 수 있어.' '내가 모르는 상황이 있을 수 있지.'라는 생각으로 책을 읽기 때문에 열린 사고를 할 수 있게 됐고 나와 타인을 더 잘 이해할 수 있게 됐다. 덧붙이자면 어느 한편을 이해할 수 없었기에 했던 노력이다. 이래도 좋고 저래도 좋아서가 아니라 특정 한편이 좋은데 다른 한편에게도 사정과 이유가 있음을 이해하려는 필터를 거쳐 리뷰를 쓴다. 책을 소개하는 블로거나 인플루언서는 많다. 특별히 나의 책 추천이 필요한 이유, 나만의 필터를 소개할 수 있어야 한다.

리뷰를 많이 쓰다 보니 나름의 노하우가 있나 생각하며 정리해 봤다. 나는 블로그 글쓰기 중 리뷰가 가장 재밌다. 도서 리뷰뿐만 아니라, 맛집이나 솔직한 체험 후기도 신이 난다.

'내가 경험해 보니 사실은 이래.'

'이건 과장이 아니라 정말 그런 거 있지?' 친구에게 수다 떠는 기분으로 키보드를 타닥타닥 경쾌하게 두드린다. 그냥 그런 마음으로 시작하시면 좋을 것 같다. 방법이나 매뉴얼이 뭐가 그리 중요하겠나. 내가 즐겁게 하는 것이 최고다.

9

좋은 문장 수집, 관리하는 법

글쓰기 모임을 운영한 경험이 있다. 이미 책 두 권을 출간한 작가 친구가 꾸준히 함께 써줄 사람이 필요하다고 제안을 한 덕분이다. 그때 나의 역할은 멤버들의 글을 함께 읽고 피드백하는 일 외에 주제에 맞는 글감 문장을 모아 제시하는 일이었다. 4주의 주제를 정하고 나면 첫 문장을 조금 쉽게 시작할 수 있도록 영감을 주는 소설이나 에세이의 문장들을 모아 멤버들에게 전달했다. 그때 이런 질문을 자주 받곤 했다.

"어떻게 이런 문장들을 끝도 없이 뽑아내는 건가요? 수집, 관리는 어떤 방식으로 하시나요?"

읽은 책을 짧게라도 모두 리뷰하려고 인스타그램 책 계정을 만들었지만 쉽지 않았다. 사실은 '이 책은 너무 별로여서 겨우 읽었다.' 같은 한 줄 리뷰라도 솔직하게 하고 싶어 계정을 만들었는데 혹시라도 저자나, 좋게 읽었던 사람의 기분을 망치는 일은 아닐까 걱정이 됐다. 같은 취미의 사용자와 소통하며(일명 북스타그래머) 내 멋대로 쓰는 감상은 점점 더 어려워졌다. 그래서 혼자만 보는 한글 파일에 기록하기 시작했다. 제목을 크게 쓰고 읽은 소감을 간단하게 한 줄로 적었다. 좋았던 책은 블로그나 인스타에 성의 있게 리뷰를 쓰고 있으니 별로였던 책의 기록이 주를 이뤘다. 그러던 차에 이런 생각이 불쑥 고개를 디밀었다.

'지금 내가 대충 봐서 그렇지 시간이 지나서 다시 보면 좋을 수도 있지 않을까?'

충분히 그럴 수 있다. 그래서 그중 좋았던 문장을 함께 적었다. 문장 수집은 그렇게 시작됐다.

인상 깊지 않았던 책도 이렇게 남길 문장이 있는데 그동안 좋았던 책들에는 얼마나 주옥같은 글들이 많을까 싶어 책장의 책들을 확인했다. 소장하고 있는 책은 밑줄도, 접어 둔 흔적도 많았기에 문장을 찾아 적는 게 어렵지 않았다. 게다가 좋은 문장을 다시 보는 일은 기분 좋은 일이었다. 손으로 하는 필사가 아니라도 저자의 생각을 옮겨 적으며 머무르는 시간을 가지니 그때의 감정이 떠오르는 것은 물론이고 새로운 깨달음이 오기도 했다.

지금은 노션이라는 도구를 사용 중이다. 체계 없이 무작정 한글 파일에 시작했더니 분량이 많아지면서 주제에 따른 문장을 찾기 어려워졌다. 예를 들어 '우울감'에 대한 문장을 찾을 때 Ctrl+F를 써서 찾게 되면 너무 많은 '우울'이 뽑혀져 나왔는데 우울감과 관련 없는 이야기가 찾아지는 경우도 많았다. 반면 노션은 책마다 좋았던 문장을 기록하는 것은 물론이고 태그로 책의 주제 또는 다양한 글감을 여러 개로 지정할 수 있었다. 내가 모아둔 문장의 주제에 맞춰 여러 개의 태그를 달아 두고 같은 태그로 필터링을 하면 필요할 때 쉽게 문장을 찾을 수 있다.

문장을 수집하는 일은 리뷰를 쓸 때도 큰 역할을 한다. 리뷰를 쓰기 전 문장 수집을 먼저 해놓기 때문에 리뷰를 쓰기 위해 책을 뒤적거리거나 좁은 장소에서 책과 노트북 둘 다 꺼내 자리 정리하지 않아도 된다. 핸드폰의 노션 앱을 열어 공유하고 싶은 문장을 복사, 붙여 넣기 하면 끝이다. 노션은 PC와 스마트폰 앱 모두 동일하게 사용 가능해 장소 구애 없이 이동하면서 활용할 수 있다는 게 또한 큰 장점이다. 긴 시간이 아닌 짧은 조각 시간이 생길 때 노션을 열어 수집한 문장을 보곤 한다. '왜 이런 문장을 모아놨을까? 이때 난 뭐에 관심이 있었던 걸까?' 또는 '아, 이때 이런 것에 관심이 있었는데 더 확장시키지 못했네?' 하면서 관련 자료를 다시 찾아보기도 한다. 한번 다 읽은 책을 다시 꺼내 읽는 건 어려운 일이지만, 앱을 열어 문장을 들여다보는 일은 매우 쉽고 편리하다.

가끔 지인에게 좋은 문장을 공유할 때도 공유 링크를 이용할 수 있다. 한두 문장을 함께 볼 때는 굳이 노션을 활용하지 않아도 되지만 여러 페이지에 걸친 다양한 문장을 공유할 때 좋다. 사실 나도 노션의 기능을 다 알지 못하는 노션 초보이다. 하지만 잘 모른다고 한글 파일만 고집했다면 문장 수집은 '수집'에만 그치고 컴퓨터 안에서 사장되었을 것이다.

책은 지극히 아날로그적인 매체지만, 활용하는 방법은 디지털 능력에 따라 다양하게 뻗어갈 수 있다. 또한 책에서 얻은 지식을 보충하거나 활용할 수 있는 다른 방식을 찾아 자기화로 만드는 것까지가 독서 활동이라고 생각한다. 책만 파고들며 저자의 생각이 내 생각인 것처럼 착각하거나 자기 고집에 빠지지 않도록 경계해야 한다. 저자의 지식을 도움닫기 삼아 기록과 사유로 확장하여 나의 메시지로 만드는 일. 문장 수집은 지식의 정확한 출처가 될 뿐 아니라 사유 과정의 즐거운 재료가 되어 줄 것이다.

10

필사,
나의 마음을 발견하는 순간

필사筆寫는 손으로 책을 베껴 쓰는 일을 말한다. 과거 인쇄술이 상용되기 전에는 여러 권의 책을 만들기 위해 사람이 일일이 베껴 썼다면, 지금은 마음을 수련하기 위해서, 작법을 훈련하기 위해서, 나만의 조용한 시간을 갖기 위해서 등 저마다의 이유로 필사를 선택한다. 책과 필기구 그리고 노트 하나만 있으면 언제 어디서든 시작할 수 있기 때문이다.

직장 생활이 쉽지 않았다. 육아를 핑계로 휴직을 두어 번

했고 복직할 시점엔 매일 스트레스에 시달렸다. *출근이 뭐 대수인가, 일하기 싫은 건 모든 직장인이 마찬가지지, 월급이 나오니까 그냥 다니면 되는 거야!* 라고 대수롭지 않게 생각하고 싶었지만, 실상은 복직 후 펼쳐지는 낯선 환경과 사람들 걱정에 벌벌 떨며 보냈다. 시간이 지나면 낯선 상황도 적응하겠지만 상황에 맞춰 나를 바꾸는 일, 적응이 아니라 사실은 나를 잃어버릴까 봐 두려웠다. 어떤 방식으로라도 내 마음을 돌보는 장치를 마련하고 싶어 복직 일주일 전 온라인 필사 모임을 신청했다.

필사하는 책은 김이설 작가의《우리의 정류장과 필사의 밤》이었다. 논어나 도덕경 같은 고전 필사였다면 참여하지 않았을 것 같다. 출근만으로 스트레스가 가득했기 때문에 어르신들의 옳은 말씀까지 담기엔 내 그릇이 너무 작았다.《우리의 정류장과 필사의 밤》은 가족이라는 혈연 공동체에 묶인 한 여성의 진저리나는 일상을 담은 소설이었다. 돌봄과 가사에 매인 주인공의 상황이 안타까웠지만, 이것이 최선이라고 말하는 듯한 주인공의 소극적인 태도에 화가 나기도 했다. 내가 참여했던 필사 모임은 책의 문장을 부분 필사하고 나의 이야기를 이어서 적는 모임이었다. 주인공의 답답한 생활 방식을 탓하는 동시에 내가 겪는 부정적인 감정 또한 쏟아낼 수 있었다. 책 속 주인공의 상황과 감정에 이어 글을 쓰면서 뜻밖의 나의 마음을 발견하는 시간이 된 것이다.

필사를 하면 책에 머무르는 시간이 길어진다. 부분 필사든 전체 필사든 손으로 옮겨 적는 작업을 통해 문장을 한 번 더 보게 되고 새삼 눈에 들어오는 단어가 생기기도 한다. 눈으로만 읽을 때는 하지 않았을 저자의 마음도 헤아려 보면서 예기치 않게 나의 마음을 만나는 경험을 하기도 한다. 필사는 책의 내용을 더 또렷하게 기억하게 하고 느리게 읽는 시간을 통해 미처 알아봐 주지 못한 감정을 발견하게 한다. 여기에 덧붙여 일기 쓰듯 나의 이야기를 풀어낼 수 있다면 새로운 카타르시스와 쓰기의 매력에 빠지게 된다.

필사하기 좋은 책이 따로 있다고 생각하지는 않는다. 다만 각자 처한 상황과 목적에 맞는 책을 고르면 필사의 효용을 극

대화할 수 있다. 현실의 걱정과 고민을 잊기 위한 필사라면, 너무 실제 같은 현대 소설보다 논어, 도덕경, 채근담 같은 고전이 도움이 될 수 있고 좋은 문장을 연습하기 위한 필사라면 내가 존경하고 좋아하는 작가의 작품을 선택하면 될 것이다. 나처럼 매일의 감정을 돌보는 동시에 나만의 이야기를 쓰고 싶다면 섬세한 필치로 복잡 미묘한 감정을 다루는 소설과 에세이가 필사 시간을 기다리게 하는 데 한몫을 했다.

책을 읽어도 기억나는 게 없다거나 책이 내 삶에 별다른 영향을 주지 못한다고 생각한다면 필사를 꼭 해보시라 추천한다. 한 문장 한 문장 저자의 문장이 나의 문장이 될 수 있도록 읽고 쓰고 머무르는 시간을 통해 많은 것들이 정리될 수 있을 것이다. 단순 반복하는 일을 좋아한다면 매일의 분량을 정해 머리를 비우는 전체 필사를, 나에게 집중하는 시간이 필요하다면 부분 필사와 글쓰기를 함께 하면 좋다.

필사의 유익은 또 있다. 문장을 다시 쓰며 저자의 생각이 나의 것이 되는 내면화 작업뿐 아니라 필사를 위해 시간과 공간을 마련하는 행위 자체가 특별한 자기화의 경험이 되기도 한다. 단지 필사를 위한 노트와 펜이 자리할 뿐이지만 두 가지의 문구를 꺼내는 순간 내 자리는 버지니아 울프의 '자기만의 방'이 된다.

필사를 처음 시작했을 땐 출근 전 새벽 시간에 책과 노트를 꺼냈다. 그런데 이 시간이 내게 유익이 됨과 별개로 나의 시간을 쪼개서 쓰는 것에 뾰로통한 마음이 있었다. 이렇게까지 일부러 나의 시간을 마련해야 비로소 마음을 돌볼 수 있다는 것에 희한하게 반항하는 마음이 드는 것이다. 그래서 필사 노트를 사무실로 들고 갔다. 일하는 공간에서 책까지 펼칠 수는 없어 필사할 페이지를 미리 사진으로 찍어 점심시간이나 업무 시작 전 조용히 필사했다. 무엇이든 무리하면 지속할 수 없다고 생각한다. 상황과 여건이 허락된다면 새벽 고요한 시간, 차를 우리고 향초를 켜며 사각사각 필사하는 기쁨을 만끽할 수도 있겠지만, 성정과 기질상 허둥대고 가벼운 사람도 노트와 펜을 꺼내는 것만으로 작가가 된 듯 나의 시간에 몰입할 수 있다.

필사하지 않을 이유가 없다. 필사가 어려운 경전을 고행하듯 옮겨 적는 일이 아님을 알게 된 이상 문구를 준비하는 일만 남았다. 평생 만나 보지 못할 유명인들과 1:1 대화할 수 있는 시간, 생각보다 꼭꼭 숨어 있어서 어느 유명인보다 더 만나기 어려운 나 자신과 마주할 수 있는 시간, 그 시간에 힘입어 나는 이 글을 쓰고 있다.

11

즐거운 독서와 기록을 위한 장비들

장비를 중요하게 생각하는 편이다. 무언가를 시작할 때 본질보다 장비 갖추느라 분주한 사람, 바로 나다. 하지만 독서만은 그렇지 않았다. 자, 이제부터 시작이야! 라는 마음이 없었고 주로 대중교통으로 이동하는 시간에 책을 읽었기에 준비할 것이 없었다. 책을 깨끗하게 보고 다시 되팔기 시작하면서 그나마 쓰기 시작한 독서 용품은 플래그였다. 되팔 때 책에 접힌 흔적이나 구김이 있으면 '최상'의 상태로 팔 수 없기에 마음에 든 페이지에는 플래그를 붙이고 사진을 찍어 두었다. 사실 책을 읽는 데 장비가 필요하다면 가성비 뛰어난 자기 계발이라고 할 수 없을지도 모른다.

그러니까, 다른 것을 돌볼 여유가 없고 오직 책으로 도피하기 위해서라면 장비 같은 것은 갖출 필요가 없다는 말이다. 본격적으로 책을 읽기 시작한 10여 년 동안 독서를 '위한' 장비를 내 돈으로 구매한 적은 없다. 하지만 이 꼭지를 쓴다는 것은 그래도 구매한 것이 있다는 이야기다. 굳이 구분하자면 기록을 위한 장비는 구매를 한 편이고, 퇴사 이후 집에서 책을 읽으며 구매한 독서 장비도 있으니 하나씩 소개해 보겠다.

나는 읽고 쓰는 것이 세트라고 생각하는 사람이다. 시간차는 있을 수 있지만 읽다 보면 쓰고 싶은 이야기들이 생긴다. 긴 글이든 단 한두 문장이든 쓰고 싶을 때 바로 쓸 수 있도록 환경 설정하는 것은 중요하다고 생각한다. 그래서 펜과 노트를 많이 샀다. 역시 독서를 위해 따로 샀다기보다 회사에서도 나의 공간 꾸미기를 좋아해서 데스크 용품을 구매하고, 기분 전환을 위해 색색의 펜을 꽂아 두었다. 노트는 미술 전시를 다니면서 미술관 굿즈로 파는 얇은 노트를 기념으로 샀고 《아티스트 웨이》에 나오는 모닝 페이지를 쓸 때 사용했다. 볼 때마다 의미 부여를 할 수 있는 문구가 곁에 있으면 쓰고 싶은 마음이 든다. 거창한 글이 아니라 간단한 끄적임이라도 말이다.

■ **내가 좋아하는 펜과 노트**

1. 필사 후 나의 문장을 쓰거나 떠오르는 생각의 단편들을 쓸 때 쓰는 검정 펜으로는 제트스트림 SXN-150 0.38 블랙을 가장 많이 쓰고 긴 글이 아닌 짧은 생각 정리나 5년 다이어리를 쓸 때는 유니볼 시그노 RT1 노트 젤 잉크 펜 0.38 블랙을 쓴다.
2. 거칠게 메모를 하면서 색깔로 포인트를 주고 싶을 때 쓰는 펜은 카코 퓨어 에디션 젤펜 5종 세트를 주로 사용한다. 좀 두껍기 때문에 필사할 때 쓸 수는 없지만 필기감이 좋아 머릿속의 아이디어를 구체화할 때 포인트로

즐겁게 사용하고 있다.

3. 책에 예쁘게 라인을 긋고 싶을 때 마일드라이너의 형광펜을 사용한다. 제트스트림 볼펜과 사용할 때 번짐이 없기 때문에 사유 독서 노트 작성 시 함께 사용하기도 한다.

노트는 위에서 언급했듯 미술관 굿즈용 노트를 사는 편인데, 내지가 너무 얇거나 줄 간격이 좁으면 사지 않는다. 생각을 자유롭게 구체화하는 데는 줄이 있는 노트보다는 무지 또는 모눈종이 노트가 편해 내지 구성을 살펴 구매한다. 비침이 있는 속지를 사용하면 뒷장을 쓸 때 자국이 남아 쓸 기분이 나지 않는다. 사실 지금은 사유 독서의 노트를 직접 만들기 때문에 미색의 100g 이상의 속지를 구매해 사용하고 있다.

퇴사 후 오직 집에서만 책을 읽다 보니 필요해진 것이 있었으니 바로 높이 조절이 되는 독서대였다. 집에서 책 읽는 시간이 두 시간 미만이었을 때는 항상 누워서 책을 읽곤 했는데 하루 종일 누워 볼 수는 없었다. 책상에서 보자니 거북목을 피할 수 없어 독서대 검색하여 높이 조절이 되고 인테리어를 해치지 않는 투명 독서대를 구매했다. 솔직히 다른 독서대를 사용한 적이 없어 비교는 할 수 없지만 우선 하루 종일 읽고 쓰는 데 가장 큰 공을 세운 독서 용품이다.

책을 읽을 때뿐 아니라 글을 쓸 때도 높이 조절을 해 노트북을 올려 블루투스 키보드를 연결하면 장시간 작업에 목이 뻐근해지는 일이 덜하다. 책만 보는 게 아니라 컴퓨터 작업을 많이 하는 분들에게는 높이 조절이 되는 독서대 구입을 강력 추천드린다.

■ 그 외 소소한 독서 용품 : 꼭 필요한 것은 아니지만, 있으면 기분 좋은 독서 용품들

1. 틀러 10센티미터 독서용 자 : 사실 자로 줄 긋는 타입은 아닌데 책 발전소에서 홀린 듯 구매한 제품이다. 오랜 시간 사용하지 않다가 예쁜 사진을 찍기 위해 최근 자

주 쓰고 있다. 인스타그램에서 독서 계정을 따로 운영하거나 예쁜 사진을 찍기 위한 사람이라면, 자를 이용하여 줄을 긋는 사람이라면 무조건! 추천드린다. 책 사이즈에 맞게 작아서 더욱 좋다.

2. 문진 또는 독서 집게 : 솔직히 실용성은 없는 편이다. 두꺼운 책을 누르기에는 힘이 부족한 제품이 대부분이지만 예쁜 사진을 찍는 사람들에겐 빠지지 않는 아이템인 것 같아 따라 구매했다.
3. 독서 링 : 독서 링이라는 게 있다는 것을 역시 인스타그램에서 알게 되었다. 누워서 책을 볼 때, 지하철에서 한 손으로 책을 볼 때 유용할 것 같아 구매했는데 손가락에 힘이 들어가는 것은 여전해서 이것으로 무엇을 해결했다는 느낌은 없었다. 한 손으로 책을 볼 때 괜찮은 제품이다.

어디까지나 나의 사용 후기일 뿐이지만, 예쁜 장비가 무엇을 지속하는 데 기쁨을 주는 것은 맞는 것 같다. 하지만 독서만큼은 처음부터 장비를 갖추려고 하지 않으셨으면 좋겠다.

책에 깊이 빠져본 후 지루할 때쯤 이 페이지가 생각나셨으면 한다.

12

읽고 쓰는 사람이라는 정체성이 지속하게 한다

네이버 도서 인플루언서에 선정된 것만으로 대단한 사람이라고 생각한 적은 없다. 다만 책과 블로그라는 플랫폼을 좋아하는 내 마음을 알아준 것이 기뻐 지금까지 해 온 것 이상을 하려 노력한다. 인플루언서라는 이름만큼 사람들에게 영향을 끼치고 수익화까지 이루기 위해서는 계속해 콘텐츠를 발행해야 한다. 즉 꾸준히 책을 읽고 관련 영상을 찾아보며 사고를 확장하는 일을 게을리해서는 안 된다는 말이다. 머리를 비우듯 가볍게 책을 읽고 싶을 때조차 콘텐츠로 연결하려는 습관이 따라올 정도로 내게는 읽고 쓰는 일이 루틴이 되었다. 물론 때로는 이런 습관이 지긋지긋할 때도 있지만 덕분에 새로운 삶을 살고 있기에 이제는 생산자의 마음으로 전환하는 중이다.

꾸준히 책을 읽고 싶다면, 정말 멈추지 않고 지속하고 싶다면 반드시 ○○○이라는 저마다의 정체성을 만들어 보라고 권한다. 나의 경우는 도서 인플루언서를 시작으로 독서 모임, 글쓰기 모임 운영자, 유료 연재 에세이스트, 북스타그래머 등 책과 글쓰기에 관련된 정체성을 끊임없이 추가하고 있다. 인플루언서라는 단어를 쓰기 부끄러워 굳이 말하지 않지만, 사실 지금의 나는 사람들의 기대와 시선에 부응하기 위해 책을 놓지 않고 있다. 비록 몇만 팔로워가 있거나 월 천만 원씩 버는 인플루언서는 아니지만, 도서 인플루언서라는 명칭에 부끄럽지 않은 정도의 독서는 해야 할 것 같기 때문이다.

우리 뇌는 자신이 처한 환경에 따라서 평생 동안 변한다고 한다. 이는 외부 환경에 따라 형태를 변화시키는 뇌 가소성이라는 개념 덕분인데 대표적인 예로 런던의 택시 기사들을 말하곤 한다. 영국에서 행해진 이 연구에 따르면 런던 택시 기사들은 보통 사람보다 7% 더 해마가 크고 경력이 오래된 사람들은 이보다 해마의 크기가 더 크다고 한다. 복잡한 교통 상황과 지리를 익히기 위해 지속적으로 해마를 사용해야 하는 경험에 노출됨으로써 해마의 구조적인 변화가 일어났기 때문이다. 책을 지속적으로 읽을 수 있는 이유로 뇌 가소성까지 들먹이다니 너무 거창한가 싶지만, 도서 인플루언서라는 정체성이 주어진 이후로 나는 매사 책을 생각하는 사람이 되었다. 시작은 취미였지만 계속된 학습과 경험은 나를 모임 운영자로 만들었고 유료 에세이 연재까지 도전하게 했다. 책을 생각하는 뇌 어느 기관은 분명 보통 사람보다 커져 있을 거라 자신한다.

이런 비슷한 듯 다양한 정체성은 서로를 지지하며 계속 책이 있는 곳으로 나를 이끌었다. 모임을 운영하기 위해 책을 읽고, 소화하고 나누기 위해 기록이 이어졌다. 하나, 둘, 새로운 경험이 쌓이자 하고 싶은 이야기가, 써야 할 글감이 되어 내 이름이 적힌 책까지 쓰고 있다.

이처럼 어떤 이유로 책을 다양하게, 그리고 많이 읽고 싶다면 그렇게 해야 하는 상황으로 나를 데려가거나 스스로 정체성을 부여하는 것이 도움이 된다. 퇴사 이후 두 달 남짓한 시간 동안 '읽고 쓰는 사람'이라는 정체성이 없었다면 공허한 마음에 우울감을 자주 호소했을 것 같다. 사실 퇴사하기 전에는 독서와 글쓰기라는 취미 생활에 크게 의미 부여를 하지는 않았다. 내겐 이런 괜찮은 취미가 있지 정도로 생각하며 오래 해온 블로그 활동에 충실했을 뿐이다. 하지만 퇴사 후엔 조금 다른 마음가짐을 가지게 되었다. 규칙적인 조직 생활을 벗어나 점점 나태해질까 두렵기도 했거니와 괜한 자격지심에 주변 사람을 괴롭히고 싶지도 않았다. 인생 2막을 임하는 새로운 태도가 필요했다.

짬 나는 시간에 책을 읽고 지하철에서 토막글을 임시 저장하는 것이 아니라 읽고 쓰는 것을 내 하루의 가장 우선순위에 두었다. 매일 출근하듯 같은 시간 읽고 쓰는 일을 했다. 나의 뇌가 정말로 나를 읽고 쓰는 사람으로, 그것이 나의 직업으로 받아들이도록 하루도 쉬지 않고 같은 일상을 보냈다. 머리가 아프거나 감기 기운이 있어도 출근을 했듯 중간에 병원을 다녀올지언정 아이들 등원 후엔 무조건 책상에 앉아 노트북을 켰다. 무료로 하던 독서 모임을 유료로 전환하고 유료로 글을 연재하는 이유는 돈을 벌기 위함도 있지만, 정체성 확립의 목적이 컸다.

무엇을 지속하게 하는 힘은 다양하다. 재미, 돈, 의미, 성장 등. 나는 무리하지 않아야 지속할 수 있다는 말을 자주 한다. 그럼에도 에너지가 바닥이 되는 순간이 있다. 무리하지 않은 것 같은데 더 이상 나아가고 싶지 않을 때가 있다. 그럴 때 정체성을 생각한다. 나는 무엇을 위해 여기까지 왔나? 나는 어떤 사람인가? 어떻게 하면 더 잘 살 수 있을까?

내게 주어진 삶을 잘 이해하고 기록해서 나와 같은 질문을 품은 사람들과 나누고 싶다. 그러기 위해서는 먼저 내 삶을 잘 살아야 하기에 좋아하는 책을 도구 삼아 배운다. 인생의 큰 방향, 지금 현재보다 더 먼 곳에 점을 찍고 시선을 멀리 두는 연습도 한다. 그리고 지금 당장 내 손에 쥐어진 것을 확인하며 천천히 앞으로 나아간다. 이렇게 몇십 년 후의 나의 모습, 3년 후의 나의 모습, 1년 이내 나의 모습을 역산하며 정체성을 확립하면 지금 무엇을 해야 할지 눈에 보인다. 아마 해야 할 일에서 독서는 빠지지 않을 것이다.

13
일상에서 독서와 기록을 실천하는 법

일상에서 독서와 기록을 실천하는 법이 있을까? 꽤 막연한 질문이지만 하나하나 끊어서 생각해 보면 분명 답이 있다. 책 한두 권을 읽은 후에 더 확실하게 기억에 남을 수 있는 실천 방법을 묻는 질문이라고 생각하고 답을 해보려고 한다.

먼저 재미나 스트레스 해소를 목적으로 읽은 책이 목적에 맞게 흥미진진했다면 미루지 않고, 가장 편한 플랫폼에 한 줄

평을 올린다. 너무 재미있으니까 제대로 리뷰하고 싶어, 정성을 다해 쓰고 싶어, 라고 생각한다면 그 마음은 우선 접어 두고 지금 당장 책 표지만이라도 찍어 업로드한다. "이 책 대박, 읽은 책 중 가장 흥미진진! ○○○을 좋아하시는 분은 이 책도 읽어보시라." 같이 다소 격앙되고 유치한 듯한 멘트도 괜찮다. 우선 기록해야 후에 수정을 하든 새로운 게시물을 작성하든 선택할 수 있다. 의외로 재밌는 책 리뷰는 잘 쓰고 싶은 마음에 안 하게 되는 경우가 많다. 나 역시 정말 좋아하는 작가의 책 리뷰는 오히려 없는 편이다. 잘 쓰려는 마음은 많은 것을 무겁게 한다.

문장이 아름다워 기억하고 싶은 책들의 경우엔 완독 후 올리는 것보다 마음에 드는 문장을 만났을 때 바로 해당 부분 사진을 찍어 당시의 감상과 함께 게시하는 것을 추천한다. 완독하지 않았다고 기록하지 말란 법은 없다. 분명 어느 단락을 읽었을 때 찌르르 감동이 몰려왔고, 눈물도 찔끔 흘렸을 것이다. 또는 나도 이런 마음가짐으로 세상을 살아가야지 두 손을 가슴에 대고 다짐하기도 했을 터다. 이런 순간의 감동은 완독

이후엔 오히려 옅어질 수 있다. 그렇기에 즉시 기록한다. 혹시나 바쁜 일에 밀려 다 읽지 못하게 되더라도 다시 그 책이 필요해지는 순간을 위해 오늘의 내가 느낀 책의 감상을 적는 것이다.

관심 분야의 깊이 있는 공부를 위한 책을 읽었다면 밑줄을 치고, 플래그를 붙이고, 다른 사람의 서평과 북튜버들의 영상까지 확장하는 독서를 해야 한다. 이때는 책에 최대한 알아볼 수 있게 표시를 많이 해두고 사진을 찍어둔다. 읽고 있는 책을 다 들고 다닐 수는 없기에 책 사진을 많이 찍는 편이다. 그리고 일하면서 짬짬이 노트에 정리했다. 이 책에서 새롭게 알게 된 점, 더 궁금한 점, 다르게 생각하는 점, 지금 바로 실천할 것은 무엇인지 대략의 정리를 해 보는 것이다. 책의 장르에 따라 시간을 두고 생각하고 정리할 필요가 있다. 그렇기에 단발성으로 가볍게 작성하는 위의 게시물도 필요한 것이다.

그리고 대중교통으로 이동하면서 블로그 앱을 통해 찍어

둔 사진을 블로그에 임시 저장해 둔다. 사진을 많이 찍기 때문에 나중에 어떤 책에 대해 쓰려고 마음을 먹어도 사진을 찾을 수 없는 경우가 생긴다. 그래서 임시 저장 포스팅으로 책 제목을 쓰고 사진을 함께 올려두는 밑 작업을 해 두는 것이다. 재료를 씻고 깎고 다듬는 일이 노트 정리라면, 사진을 블로그에 임시 저장하는 일은 밀폐 용기에 된장찌개, 부대찌개, 어묵탕이라고 이름표를 붙이는 작업이라고 할 수 있겠다.

약간의 시간 여유가 생길 때 임시 저장 포스팅을 열어 본격 리뷰를 작성한다. 밑 작업을 해둔 게시물에 노트에 정리된 내용을 지금 하고 있는 생각과 조합하는 시간이다. 책을 읽게 된 계기와 노션에 정리해 둔 좋았던 문장, 그리고 노트에 정리된 내용 중 강조하고 싶은 한두 가지 주제를 골라 글을 쓰면 완성이다. 노트에 정리된 내용을 다 쓰려고 하지 않는다. 나라는 사람의 필터가 들어간 메시지를 한두 가지만 골라 작성하는 것이 팁이다. 내가 깨달은 것을 모두 쓰다 보면 글을 쓰는 나조차 길을 잃는다. 명확하게 말하고자 하는 바를 한두 가지 포인트로 간결하게 쓰는 것이 쓰는 사람이나 읽는 사람이나 편안하게 받아들일 수 있다.

책을 읽는데 1, 2주의 시간을 쓰고 리뷰를 쓰려 마음먹는데 일주일 보낸다. 그리고 커서만 껌뻑이는 빈 화면 앞에 앉아 멍하니 보내는 시간까지. 이렇게 한다면 한 달에 한두 권 리뷰도 쉽지 않을 것이다. 여러 권의 책을 동시에 읽으며 책의 성격과 느낌에 따라 짧고 편안하게 기록하기도 하고 여러 작업을 거쳐 진중하게 기록할 수도 있다. 공통적으로 꼭 해야 하는 일은 그때그때 사진을 찍어두는 것이다. SNS 기록을 위해서는 사진 찍는 습관이 필수다.

공개 플랫폼이 아니더라도 어떤 분위기, 어떤 장소에서 어떤 마음으로 책을 읽었는지. 어떤 감성이었는지 기억해서 기록하는 것은 힘든 일이다. 그래서 사진을 찍는다. 그날의 기분과 감성에 따라 책 리뷰를 골라 쓸 수 있다. 인간관계에 지친 날은 힐링 에세이 리뷰를 쓰며 마음을 달래고, 성장하고픈 의지가 불끈 솟는 날은 자기 계발, 뇌 자극이 필요하다 싶은 날은 과학 도서. 자료가 충분하다면 기록하기 나쁜 날은 없다.

재미와 효율은 중요하다. 그래야 꾸준히 할 수 있다.

part 3

우리 함께 읽어요

너무

있는

1

어떤 행동의 시작은, 질투

"밍블님도 이 독서 모임 한번 참여해 보세요.
결이 맞는 사람들끼리 나누는 이야기가 참 좋아요."

블로그 이웃님이 알려준 독서 모임은 여느 모임과 달라 보였다. 두부처럼 순하고 부드러운 얼굴, 솜사탕처럼 달콤한 미소의 사람들의 사진이 SNS에 자주 보였고 그런 사람들이 새벽같이 강남역에 모여 이야기를 나눈다니 궁금했다. 책을 나누는 것에 그치는 것이 아니라 삶을 나누는 커뮤니티를 형성해 가는 모습이었다.

한번 나가볼까? 비밀 댓글로 가격을 문의했더니 33,000원이었다. 도서관 독서 모임은 무료인데, 유명 작가의 북토크도 무료인데, 유료 독서 모임이라는 것 자체가 잘 받아들여지지 않았던 때였기에 주저하게 되었다.

이후 그 독서 모임은 55,000원이 되었는데 가격을 알고 있는 이유는 매번 문의했기 때문이다. 내게는 어떤 욕망이 있었을까? 돈 3만 원, 5만 원이 없어서 참여 못 하는 것도 아닌데 왜 가격만 묻고 마는 걸까? 가보고 싶어서 문의하고 가격을 듣고 나면 주저했다.

내게 돈을 강탈한 것도, 모임 참여를 강요한 것도 아닌데 괜스레 화가 났다. 더 많은 사람이 모임에 참여하면서 모임의 비용이 올라갔는데 그것이 왜 화가 나는지, 왜 마음이 불편한지 적기 시작했다. 당시 나는 아티스트 웨이를 읽고 있었고 책에서 알려준 대로 아침마다 모닝 페이지 3페이지씩 성실하게 채우고 있던 때였다. 사실상 분노의 3페이지였다. 눈을 뜨자마자 독서 모임 생각을 했다. 아무 잘못이 없는 그녀를 강력한 분노로 남몰래 미워했고 데스 노트 쓰듯이 날것의 감정을 거침없이 적어 내려갔다. 모닝 페이지는 그런 것이었다. 눈뜨자마자 떠오른 생각들을 아무 검열 없이 적어 내려가는 것. 한동안은 썼던 글을 공개하거나 다시 읽지도 않는다는 규칙이 있어 부끄러움도 없이 휘갈겼다. 어제의 글을 읽지 않기에 어제와 같은 욕을 오늘도 내일도 했다. 그것이 나를 꽉 채우고 있다는 사실도 알지 못한 채 내 안에 가득 찬 부정적인 감정이 모닝 페이지에 쏟아져 나왔다.

도대체 이럴 일인가 나조차도 이해되지 않아 이럴 거면 한번 가보자는 생각에 이르렀다. 시간이 되는 때의 선정 도서는 하필 내가 전혀 관심 없는 분야의 책이었지만 그때 가지 않으면 정말 다시는 가지 않을 것 같았다. 참여 후 내 태도는 어떻게 달라졌을까?

질투하는 대신 내가 모임을 열어보자는 생각을 하게 됐다.

나만의 기준과 메시지가 있다면 *할 수 있지 않을까?* 하는 생각이 든 것이다. 날 것의 기록이 매일 3페이지씩 쌓이고 모임을 경험한 후에 슬며시 떠오르는 질문이었다. 언젠가 시간과 여유가 되면 하고 싶은 것들의 목록을 적었다. 그리고 이것을 왜 지금 할 수 없는지 생각했다.

어…… 그냥, 지금은…… 아직은…….

지금 시작하지 못하는 합리적인 이유가 있다고 생각했다. 더 좋을 때 더 나은 모습으로 하는 게 맞다고 생각했다. 사실 특별한 이유는 없었다. 조금이라도 그럴듯한 모습으로 사람들 앞에 서고 싶었을 뿐이다. 부족하더라도 새로운 시작을 응원하고 배울 점을 찾는 성숙한 사람이 아니었기 때문이다. 속으론 나 정도면 준비되었다고 생각하면서도 평가받는 것이 두려워 정작 아무것도 시작하지 못했다. 아직은 준비되지 않았다고 겸손을 떨었지만, 너희보다는 낫다는 우월 의식이 있었는지도 모른다. 두려움을 가리기 위해 우월 의식으로 나를 속이고 있었던 것이다. 내가 좋은 동시에 내가 싫었다.

종종 어떻게 독서 모임을 시작하게 됐는지 묻는다.

"독서 모임이 하고 싶어서 여러 모임을 참여해 봤는데 장단점이 있어 제가 만들게 됐어요."

어물어물 대답했지만, 이제야 솔직하게 고백한다. 내 시작은 오만한 마음이었다.

2

독서 모임 어떻게 시작했나요?

생각이 돈이 되는 순간,

부의 인문학.

강남역에서 시작한 두 번의 독서 모임 선정 도서였다. 블로그에 모집 포스팅을 올리고 나자 얼마나 사람이 올지 신경이 곤두서기 시작했다. 자다가도 블로그 댓글 알림이 오면 문의하는 댓글인가 싶어 후다닥 일어나 확인했다. '*네가 하면 나도 한다. 나는 더 잘해.*'라는 마음으로 시작했으니, 모집에 얼마나 신경이 쓰였겠는가.

지금은 주변 사람들에게 한 명이든 두 명이든 일단 시작하는 것이 중요하다고 얘기한다. 첫 시작이니 소수의 인원으로 시작하는 게 더 좋을 수 있다고. 경험이 부족하니 크고 작은 실수가 있을 수밖에 없는데 한 명 한 명에게 양해를 구할 수 있다면 부담이 덜하기 때문이다. 게다가 소수에 집중해 진심으로 모임을 이끌면 참여자의 만족도가 더 높아질 수도 있다. 모임 모집은 처음이나 지금이나 떨리는 마음이긴 해도 이제는 인원보다 어떤 사람이 올지가 더 궁금한 편인데 당시는 오직 모집의 흥행 여부가 중요했다.

고마운 지인들이 대부분 자리를 채웠고 모르는 사람 한두 명이 참여했다. 첫 시작치고는 나쁘지 않았다. 평소 내가 생각한 독서 모임은 책에 관한 다양한 의견을 나누며 사유하는 자리였는데 이때의 독서 모임은 나의 경제 지식을 뽐내는 데뷔 무대가 되었다. 모임의 시작이 질투와 우월 의식에서 출발했기 때문이었다. 경제경영 도서는 평소 좋아하는 분야의 책이다. 딱 떨어지는 것을 좋아하고 구조와 시스템에 관심이 많아 신나게 이야기할 수 있는 분야였지만 또한 가장 잘난 척할 수 있는 분야이기도 했다.

나는 이 시작이 부끄럽다. 하지만 부끄러운 시작 덕분에 비대한 나의 자의식을 정리할 수 있어 다행이라고도 생각한다. 그리고 잘난 척하려고, 있어 보이려는 나를 있는 그대로 받아 주고 칭찬해 준 참여자들에게 고맙고 미안했다. 두 번의 모임 끝에 나는 이런 쇼를 그만두었다. 독서 모임은 나의 지식을 뽐내는 자리가 아니다. 일방적으로 내 생각을 강요하는 자리도 아니다. 책을 읽다가 다른 이의 생각이 궁금해지면, 나처럼 누군가가 함께 읽을 사람을 찾으면 그때 다시 시작해야지 했다. 도란도란 이야기를 나누고 고개를 끄덕이는 것으로 충분한 마음이 될 때 해도 늦지 않다고 생각했다.

그녀에 대한 질투 또한 끝이 났다. 매일 3페이지 차고 넘치는 분노와 질투는 그녀를 향한 것이 아니었다. 생각만 하고 아무것도 하지 않는 나의 소심함, 남 핑계, 상황 탓만 하는 게

으름, 온전히 나를 향한 책망이었다. 비록 부정적인 마음으로 시작했지만, 경험한 것으로 자산이 되었다. 나의 비뚤어진 마음을 깨닫고 반성하게 되니 부끄러움도 나쁘지 않았다. 언제든 다시 시작할 수 있다.

이후 시작한 독서 모임은 평소 아끼지만 자주 보지 못했던 사람들과의 정기적인 만남을 위한 자리였다. 내 얘기를 꺼내놓기 민망한 내향적인 친구들을 위해 말랑말랑한 에세이나 소설로 책을 선정했다.*"언니! 우리 한 달에 한 번 만나서 책 이야기하면 좋을 것 같아요."* 후배의 제안에 아주 가볍게 시작된 모임이었다. 형식적으로 안부를 챙기지 않아도 필요한 때가 오면 어김없이 배달되는 쿠팡의 정기 배달처럼 매월 책 모임의 시간이 배달되었다. 코로나가 찾아온 이후로 오프라인 모임은 쉬게 되었지만, 종종 줌으로 이야기를 나누며 온라인 독서 모임의 장점을 발견했다.

지인뿐 아니라 걱정이 많아 잠들지 못하는 사람, 위로가 필요한 사람, 나 힘들어요, 먼저 말하지 못하지만, 책에 기대어 슬며시 신호를 보내는 사람들과 책 이야기를 하면 좋겠다는 생각을 했다. 누군가 독서 모임 참여하고 싶다고 댓글을 단 것이 시작이었다. 모임에 대한 그럴싸한 홍보 문구도 남들에게 보여주기 위한 화려한 장소 선정도 없이 읽은 책 소소하게 나누는 온라인 독서 모임 굿나잇 독서 공지를 올렸다.

굿나잇 독서의 운영은 쉬우면서도 어려웠다. 기대하는 것이 없으니 쉬웠고 그래서 동력이 쉽게 사라졌다. 모두가 일요일 밤 10시의 시간을 기다리고 이야기를 나누는 것만으로 위로가 된다는 사실에 감사와 안도를 하면서도 내게 남는 것은 무엇인가 자조적인 생각을 했다. 첫 독서 모임이 나를 위한 모임이었다면 두 번째 독서 모임은 타인을 위한 것이었다. 나를 위한 모임이 잘못됐다는 생각에 시선을 타인에게 두었는데 일정한 시간이 지나자 이 또한 길을 잃고 말았다. 지속할 에너지가 사라진 것이다. 좋은 마음으로 시작해도 그만두고 싶어질 수 있다니 당황스러웠다. 또 나의 문제인가? 고민했다.

굿나잇 독서에서 함께 읽었던 책들

아침의 피아노(故김진영)

아침의 첫 햇살(파비오 볼로)

더 셜리 클럽(박서련)

해보지 않으면 알 수 없어서(이길보라)

천개의 파랑(천선란)

달과 6펜스(서머싯 몸)

회색 인간(김동식)

열정(산도르 마라이)

혼자서 본 영화(정희진)

정년 아저씨 개조 계획(가키야 미우)

어린이라는 세계(김소영)

불안(알랭드 보통)

평일도 인생이니까(김신지)

3

읽고 사유하고 기록하는 독서

독서 모임을 다시 시작하고 싶지 않았다. 책이 좋았고 나누는 것은 더 좋았지만, 그 외의 것이 넘치거나 모자라거나 하면서 스트레스를 받았다. 작용 반작용처럼 좋은 게 있으면 나쁜 게 있었고 내 마음의 크기에 못 미치는 반응에 상처받기도 했다. 가격이라는 진입 장벽이 없는 대신 확실한 기준이 있어야 나와 멤버 모두가 win-win 하는 모임이 되겠다는 생각을 했다.

하나가 되는 독서를 시작하면서 내가 생각한 보상은 후기와 경험이었다. 단순한 무료 모임이 아니라 운영 경험을 쌓아 신뢰도 높은 모임장이 되고 싶다는 목표가 있었다. 가장 좋아하고 편안하게 할 수 있는 일이 독서와 글쓰기라는 사실이 명확해진 후에는 경력이 필요했다. n년의 경험, ○○회의 독서 모임 운영, 총 ○○명의 멤버라는 수치도 필요했지만 무엇을 하든 뒷받침이 될 경험이 쌓이면 나를 증명하는 데 도움이 되리라 생각했다. 직업이 아닌 말로 나를 소개한다면 '책을 좋아해 ○○책을 썼으며 독서 모임을 n년 째 운영하고 숨 쉬듯 글을 쓰고 있는.'이라는 수식어였으면 하는 마음도 있었다.

질투로 시작했던 모임도, 이타심으로 시작했던 모임도 모두 나의 자산이 됐지만 하나가 되는 독서는 나만 아는 경험이 아니라 글로 남겨지는 후기를 목표로 했다. 모임에 참여한 멤버들에게 후기를 남겨달라는 말은 어쩐지 쑥스러워서 모임 후기가 아니라 읽은 책에 대한 리뷰를 남기되 해시태그에 #하나가되는독서를 넣어 달라고 했다. 책을 읽는 것과 리뷰를 남기는 것은 다른 일이다. 게다가 그 글에 하나가 되는 독서의 해시태그를 넣는 것은 또 하나의 마음을 더해야 하는 일이었지만 지속적인 모임을 위해 규칙으로 넣었다.

온라인 독서 모임은 오프라인보다 참여자들의 활발한 소통이 어려울 때가 많다. 거리 제약 없이 참여할 수 있다는 장점이 있지만, 외출을 위한 준비 과정이 없기에 찰나의 결정으로 모임 불참을 선택할 수도 있다. 화면을 끄고 소리로만 참여하는 사람이 있을 경우엔 집중하고 있는지, 모임이 만족스러운지 반응을 알기 어렵기도 했다. 하지만 우리에겐 읽고 쓴 리뷰가 있었다. 덕분에 모임에서 자세히 알 수 없었던 참여자의 생각을 더 깊이 알 수 있었고 모임에 참석하지 못한 사람들도 공유된 글을 통해 리마인드 할 수 있어 좋았다. 작성자의 기록이 쌓임은 물론이다.

이런 장점을 살려 모임 전에 리뷰를 작성해 주십사 부탁을 했고 작성된 리뷰를 읽고 발제문을 작성하기도 했다. 모임을 할 때는 새로운 견해를 중점적으로 챙겨 들었다. 감정적으로 어려움을 겪고 있는 사람이 있다면 편안한 마음을 가질 수 있게 *'나도, 우리도 그런 시간을 지났어요.'*라는 사인을 주려고 노력했다.

후기와 경력이 필요해 부탁한 리뷰가 생각을 확장시켜주었고 넓어진 시각만큼 나만의 깊이도 생겼다. 나의 필요로 시작한 일이 서로에게 도움이 되는 방향이 된 것이다. 특별히 더 아는 것은 없지만 새롭게 알게 되는 것은 제일 먼저 공유했고, 한 사람의 시각에 갇히거나 뻔한 책을 읽는 독서 모임이라는 생각이 들지 않게 다양한 장르의 책 선정에 집중했다. 책을 읽으며 내가 변한 만큼 생각의 전환이 필요한 멤버들에겐 작은 도전이라도 할 수 있도록 미니 강의를 열기도 했다.

너의 시간을 존중해.
너의 존재는 충분해.
우리는 모두 다르지. 그렇기에 너는 특별해.
무엇이든 할 수 있어.
나로 존재하는 것에 충만함을 느끼도록.

독서 모임을 통해 전하고 싶은 메시지가 있다면 이런 것이었다. 리뷰가 쌓이는 것은 나뿐 아니라 참여자를 위해서도 좋다. 매번 다른 책을 읽지만, 해석하는 나의 일관된 필터가 있다는 것을 리뷰를 통해 깨닫게 되기 때문이다. 내가 어떤 사람인지, 무슨 생각을 하는지, 지향하는 가치가 무엇인지 갑자기 한마디로 정의하기는 어렵지만, 책에 기대어 감상과 생각을 적다 보면 반복되는 말을 발견할 것이다. 그게 바로 나라는 사람의 주된 메시지라고 생각한다.

자기 계발서를 통해 자극을 받고 삶이 달라지는 사람도 있지만, 타인에 의한 자극이 아닌 스스로 변화의 동력을 찾아야 움직이는 사람도 있다. 변하지 않으면 뒤처지니 당장 무엇이든 시작하라는 메시지보다는 지금까지 나를 이룬 시간과 노력을 존중하는 사람이 되고 싶었다. 누군가의 소중한 시간을 헛되다고 지적하고 싶지 않았다. 타인의 행복을 마음대로 재단하는 사람이 아니라 다른 삶, 다른 세계, 여러 가능성을 책을 통해 자연스럽게 제시하고 싶은 마음으로 독서 모임을 운영하고 있다.

4
좋은 책 선정하는 법

"좋은 책 추천해 줘."라는 말을 종종 듣는다. 책 추천은 쉽기도 하고 어렵기도 하다. 재미있게 읽은 책이 많기에 내가 읽은 책 중 하나를 추천하기는 쉬운 일이지만, 상대도 재미있을지는 알 수 없어 어려운 일이기도 하다. 공부하는 사람에게 좋은 책은 전문가의 견해와 자료가 많은 책일 것이고 쉼이 필요한 사람에게 좋은 책은 공감 글귀가 많은 읽기 편한 책이 아닐까? 내게 필요한 시기에 목적에 맞는 주제의 책이 좋은 책이라는 말이다.

그럼 막연히 책 좀 읽어 보려는 사람은 어떤 책을 읽어야 할까?

가장 쉽게는 베스트셀러를 살펴본다. 서점마다 집계되는 베스트셀러가 다르지만 큰 흐름은 다르지 않다. 23년 11월 2일 예스24 온라인 서점 기준 베스트셀러 20위권에는 아동, 청소년 도서가 11권을 차지하고 있고 자기 계발 3권, 건강 1권, 경제 경영 2권, 인문 2권, 자녀 교육 1권이 올라와 있다. 관심 있는 분야의 베스트셀러를 선택하시라고 하는데 요즘 추세가 자녀를 위한 구매이거나 재테크를 위한 책들로만 소비되는 것 같아 아쉬운 면이 있다. 읽고 싶은 장르가 순위에 없다면 작년 한 해 동안 사랑받았던 책 중 흥미로운 책을 읽어보시길 추천하는 편이다. 보통 유명 작가의 작품이거나, 연령 성별 구별 없이 보편적으로 공감할 수 있는 작품이 순위권에 오르기 때문에 실패 확률이 적다.

아주 오랜만에 책을 읽는 사람이라면 자기 계발서보다는 소설이나 에세이를 추천한다. 독서 모임을 하며 알게 된 사실은 꽤 많은 사람이 자기 계발서의 꾸짖는 듯한 문체를 싫어한다는 점이었다. 물론 책을 읽으려는 동기가 중요하겠지만 막연히 '책 한 권 읽고 싶은데?' '책이 마음의 양식이라니 나도 한번?'이라는 생각으로 책을 찾는다면 마음을 위로받으며 공감할 수 있는, 지금 현실이 반영된 현대 문학을 추천한다. 그리고 가장 확실한 방법은 나의 상황과 성향을 잘 아는 가까운 친구의 추천을 받는 것이다. 책을 읽은 후 감상까지 나눌 수 있으니 친구에게 혹시 추천해 줄 만한 책이 있는지 먼저 물어보자!

한 권의 책이라도 취향에 맞는 책을 찾았다면, 알고리즘의 도움을 받을 수 있다. 요즘은 책 추천해 주는 영상을 올리는 북튜버나 북스타그래머가 많다. 내 취향의 책 한 권을 검색하면 같은 결의 다양한 책 추천 영상을 만날 수 있는데 협찬 영상은 표시가 되어 있으니 선별하여 본다면 도움이 될 수 있다. 나 같은 도서 인플루언서의 블로그에서 줄거리나 감상평을 살펴볼 수도 있다. 내가 좋았던 책의 문장들을 동일하게 좋다고 느끼는 도서 인플루언서가 있다면 취향이 같을 수 있으니, 리스트를 참고하여 책을 고르면 된다.

함께 읽는 독서 모임의 책 선정은 이와 다르다. 독서 모임의 주제와 색깔에 따라 선정 기준도 다르겠지만, 내가 운영하는 독서 모임에서는 이견 없이 고개가 끄덕여지는 책은 제외한다. 논쟁이 될 만한 요소가 있는, 사회적으로 이슈가 되고 있는 주제의 책을 고르는 편이다. 한 달에 두 권의 책을 읽기 때문에 되도록 한 권은 소설을 넣거나, 조금 가볍게 읽을 수 있는 책을 선정한다. 블로그에 리뷰를 쓰기도 하고 노션에 월별로 읽은 책을 기록하기도 하지만 책 선정은 기억에 의존하는 편이다. 책이 내게 미친 영향이 워낙 크다 보니 읽은 책은 거의 기억하기 때문이기도 하고, 기억에 남지 않는 책을 굳이 선정할 필요가 없기 때문이다.

앞서 책을 읽는 이유 중 나와 타인을 이해하기 위해서라는 말을 했다. 사람을 이해하기에는 소설이 제격이었고 세상의 변화를 알기 위해선 경제 · 경영 도서나 인문 사회 분야의 책이 좋았다. 평소 자연스레 손이 가는 책은 소설이었기에 소설을 제외한 분야의 책은 모임을 위해 일부러 찾아 읽는 편이다.

하나가 되는 독서에서 읽었던 책을 예로 들자면, NFT라는 용어가 나올 때 공부하고자 하는 마음으로 《NFT 레볼루션》을 먼저 고르고, 화폐에 초점을 둔 국내 소설 《국경시장》, 욕망에 초점을 둔 《위대한 개츠비》를 차례로 골랐다. 최근에는 장강명 작가의 《당신이 보고 싶어 하는 세상》을 인상 깊게 읽어서 근미래의 기술 발전에 따른 이야기를 하기도 했다. 기술 발전에 따른 미래의 모습, 인간의 역할 등은 내가 자주 다루는 주제다. 이미 많은 이야기를 나눴던 터라 해당 월에는 기술 발전을 규제할 수 있는 법에 대한 논의를 하고 싶었고, 가장 근간이 되는 헌법을 설명해 주는 《처음 읽는 헌법》을 선정했다.

나는 변화에 관심이 많다. 세상의 변화, 사람의 변화, 그리고 그럼에도 변하지 않는 것은 무엇인지에 대한 고민도 함께 한다. 독서 모임의 책 선정을 어떻게 하냐는 질문에 한마디로

답하자면 시대의 변화를 다룬 책을 읽고, 함께 읽을 만한 책을 미친 듯이 찾아 선정한다.

다른 사람의 의견이 궁금하다.

책을 읽고 나면 *'나는 이렇게 생각하는데 너는 어때?'* 꼭 질문이 따라오고, 모임에서 읽을 책이기에 다른 방면으로 생각을 전환하거나 도와줄 책을 기를 쓰고 찾아서 함께 읽는다. 책을 선정하는 특별한 기술은 없다. 궁금한 만큼 읽고, 함께 하고 싶은 만큼 노력해서 책을 고른다.

5

책에서 질문하고 답을 찾기

질문을 가진 사람만큼 독서의 효용을 최대로 누리는 사람은 없을 것이다. 질문의 내용에 따라 경제적인 독서가 될 수도, 인문학적인 독서가 될 수도 있다. 손승욱 작가는《10억짜리 독서법》에서 독서가 인생의 시행착오를 줄일 수 있기에 책에서 전하는 자료 독서법이 10억 원 이상의 가치로 충분하다고 했다. 그렇다면 나의 독서 역시 10억 원을 훨씬 상회하는 가치를 가졌다고 말할 수 있다. 매월 따박따박 들어오는 안정적인 월급을 포기하고 좋아하는 일만 하며 사는 길을 택할 수 있는 용기를 주었고, 어떻게 나아가야 하는지 구체적인 방법 또한 책이 알려 주고 있으니 말이다.

독서는 취미로 시작한다. 시간적 여유가 생겼을 때 영상물을 보는 것보다는 활자를 읽는 편이 죄의식이 덜해 책을 택하기도 하고, 우연히 접한 베스트셀러가 마음의 감동이 되어 다른 책을 집어 들기도 한다. 나처럼 활동적 에너지는 없지만, 다른 세계를 구경하고 싶은 마음에 책을 읽기도 한다. 다양한 시작 단계를 지나면 책태기(책 권태기)가 찾아오거나 반대로 더 깊게 책을 읽고 싶어 모임을 찾기도 한다. 이때 도움이 되는 건 '질문'이다.

어떤 질문을 어떻게 해야 할까? 함께 읽는 독서 모임에서 회원들과 나눌 발제문을 찾는 방법과 혼자 읽을 때 질문하고 답을 찾는 법 두 가지로 나눠 살펴보려고 한다.

먼저, 내가 진행하는 독서 모임에서 나누는 질문은 구성원의 상황과 형편에 따라 달라진다. 학술 모임이나 전문 비평가들의 모임이 아니기에 함께 하는 사람들의 여건을 반영해 질문을 찾으려고 노력한다. 모임에 참여하는 계기나 바라는 점을 사전에 질문해 참여자의 욕구나 원하는 점을 알아보는데 보통은 책 편식을 막고 다양한 분야의 책을 읽고 싶다는 이야기가 많다. 그래서 먼저는 책 선정에 심혈을 기울이고 모임에서 나눌 질문은 구성원들의 감상문, 서평을 통해 이슈를 체크하고 있다. 모임 전후로 서평을 쓰는 독서 모임을 오래 운영했고, 현재는 질문이 담겨 있는 워크북이 있기에 그때그때 참여자들의 생각을 알 수 있다.

독서 모임에서는 공통적으로 어려움을 느끼는 부분, 공감하는 부분을 체크해 왜 어려움을 느끼는지 또는 어떤 이유로 공감하는지 개별적 상황을 나눈다. 그리고 남들과 다른 관점, 깨달음을 공유해 주신 분의 이야기에 귀를 기울이는 편이다. 다양한 분야의 책을 읽고 싶다는 바람은 더 넓은 세계관을 갖고 싶다는 이야기와 같다. 책 제목을 검색하면 생각보다 많은 정보를 얻을 수 있는데 온라인 서점이나 출판사에서 제공하는 이미지와 설명과 크게 다르지 않음을 알 수 있다. 그래서 일반적이지 않은 시각이나 새로운 관점을 제시하는 사람의 이야기가 반갑다.

'이런 이야기를 해도 될까?' '나만 이런 생각하는 건 아닐까?' 하는 두려움을 뚫고 나온 발언 속에 지혜가 있다고 믿는다. 늘 생각해 온 내 방식대로의 사고는 나를 더 나아가게 하지 못한다. 이전에 하지 않았던 생각과 실천이 어제와 다른 내일을 만들고 새로운 기회를 가져다준다고 생각하기에 익숙한 것을 벗어나려는 구성원들의 시도를 두 팔 벌려 환영한다. 독서 모임에서 경청이 주요 미덕이 되는 이유기도 하다. 참여자들의 이야기가 보편적인 이야기인지 새로운 관점인지 구별하기 위해 운영자인 내가 수많은 팟캐스트와 유튜브, 칼럼 등을 참고하여 판단의 기준을 마련해야 함은 물론이다.

혼자 읽을 때는 어떤 질문이 좋을까? 누구와도 공유하지 않는 질문이기에 아주 원초적이고 적나라할수록 좋다. 평소 워너비 모델이 있으면 좋다. '그 사람은 어떤 방식으로 성공했을까?' '내가 그에게 부러운 점, ○○○은 어떻게 가질 수 있을까?' 한 사람을 떠올리며 질문하는 것이다. 이런 방식으로 자신의 욕구를 알고 있다면 그 답을 찾겠다는 생각으로 파헤치며 읽는다. 나의 욕망이 모호한 경우엔 소설을 읽으며 어떤 인물에 가장 몰입하는지 살펴본다. 그리고 질문한다. '나는 이 인물이 왜 좋은가?' '나는 이 인물이 왜 싫은가?' 좋고 싫음 속에 답이 있다.

헤르만 헤세는 《데미안》에서 내가 어떤 사람을 미워한다면 그의 모습에서 바로 나 자신 속에 있는 것을 보고 미워하는 거라고 했다. 자신 속에 있지 않은 것, 그건 나를 자극하지 않는다고. 싫은 인물에 대해 생각해 봐야 하는 이유다. 책에서 답을 찾고자 한다면 바른 질문이 선행되어야 할 것이다. 내가 무엇을 찾고 싶은지 명확하게 적어 보자. 질문이 확실하다면 답을 찾는 것은 시간문제다.

한 권의 책에 답이 있을 수도 있지만, 답이 답이라는 것을 알아차리기 위해서는 여러 권의 독서 경험도 중요하다. 《기획자의 독서》에서 김도영 저자는 우리를 성장시키는 것은 엉

킨 실타래를 차근차근 풀어낼 때의 깊고도 진득한 경험이라고 애기했다. 생각도 근육이라 계속 연습과 훈련을 반복해서 서 말의 구슬을 '꿰는' 힘을 키워야 한다고 말이다. 즉 서 말의 구슬과 꿰는 힘, 둘 다 필요하다. 질문과 답을 여러 차례 학습하다 보면 저자의 답이 아닌 나의 답을 발견하는 때가 온다.

읽고, 생각하고, 질문하고, 답을 찾으면(기록), 실천한다.
완벽한 독서의 흐름이다.

6

구슬을 꿰는 힘,
생각의 힘은 어떻게 기를까?

20대 글쓰기 선생님을 만난 적이 있다. 글쓰기 수업을 들으려고 찾은 것은 아닌데 우연히 책을 검색하다 알게 된 블로거였다. 특별히 나의 관심사가 있는 블로그는 아니었음에도 이야기를 풀어가는 방식에 빠져들어 한참을 머물렀고 급기야 글쓰기 수업까지 신청했다. 목적 없이 들어온 손님을 이렇게 푹 빠져들게 만드는 글쓰기라면 배워 보고 싶었기 때문이다.

그분은 일상의 사물과 자신의 생각을 기발하게 연결하며 구성하는 글쓰기에 일가견이 있었다. 늘 상식에 벗어나지 않는, 뻔한 생각에 그치던 나는 그 발상법이 궁금해 방법을 물었다. 그분은 웃으며 싱겁게 말했다. “제가 유독 생각이 많은 편이에요.” 일부러 알려 주지 않은 거라 생각하지 않는다. 본인에게 너무 자연스러운 일은 알아차리기도, 설명하기도 어려운 법이니까.

수업을 쭉 듣고 이후에도 그녀의 블로그를 구독하며 알게 된 것은 책을 보고 생각을 많이 하는 만큼 영화와 음악에도 조예가 깊다는 것이었다. 그래서 그녀의 글에는 내가 알지 못하는 영화에 나오는 대사, 좋아하는 아티스트 노래의 가사의 인용도 많았다. 좋은 글쓰기를 위해선 다독, 다상, 다작을 하라는 말이 있다. 그녀의 글쓰기 방식을 보며 다상은 도대체 어떻게 하는 걸까? 질문의 답을 조금 찾은 것 같았다.

1. 궁금해하는 마음을 갖는다.

이유 없이 좋고, 이유 없이 싫은 마음이 있다. 그런데 파헤쳐 보면 반드시 이유가 있다. 본격적으로 생각하기엔 피곤하고 번잡하니 우선 그 이유가 뭘까? 질문을 심어둔다. 싫어하는 마음이 나의 진심을 파악하기에 더 확실한 감정이다. 무엇이 싫은지, 왜 싫은지 어떻게 극복할 수 있는지 기록을 통해 알아가는 과정은 사고를 넓고 깊게 해 주는 데 분명 도움이 되기 때문이다. 하지만 평소에 연습하기에는 꽤 스트레스가 큰 작업이기에 좋아하는 대상을 먼저 떠올려 본다.

나는 책 이외에 다양한 생각의 표현을 모두 좋아한다. 미술 작품, 영화, 드라마, 예능, 음악 등 이해할 수 있는 대중 문화라면 뭐든 즐겁게 보는 편이다. 어떤 방식으로 자신의 생각을 표현하는지 궁금하기 때문이고 보고 있으면 그저 재밌기 때문이기도 하다. 의도를 가지고 보든, 목적 없이 보든 빠져드는 와중 갑자기 번뜩 와닿는 것이 생긴다. 평소 '생각의 표현 방식'이라는 궁금증이 이미 존재했기 때문이다.

'저 사람은 저런 마음가짐으로 음악을 했구나!' '이런 재료로도 그림을 그릴 수 있구나!' '뒷모습으로도 연기를 할 수 있구나.' 등 연결 고리가 어렴풋이 떠오른다.

2. 나의 상황으로 가져온다.

감명을 받은 가수의 태도가 있다면 나의 경우엔 어떻게 적용할지 생각하고, 발상의 전환을 한 화가가 있다면 나의 닫힌 사고는 무엇인지 점검한다. 배우의 그림자 연기를 보고 소름 돋았다면 보이지 않지만 남들이 느낄 수 있는 영역은 무엇인지 나의 상황에서 찾아본다. 좋아하는 마음은 나도 그렇게 되고 싶다는 마음으로 연결된다.

3. 다른 매체에서 얻은 감동 포인트와 나의 상황을 연결하여 느낀 점을 기록한다.

아하 포인트에서 그치면 놀라고 말 일이다. 하지만 기록을 하게 되면 아무래도 더 많은 질문을 스스로 하게 된다. '난 어떤 관점에서 이 장면이 좋았을까?' '굳이 기록까지 하려는 이유는 뭐야?' '사람들이 알았으면 하는 게 있어?' '왜 알아야 하지?' 자기 검열은 아니다. 꼬리에 꼬리를 무는 질문을 통해 나를 더 잘 알게 되는 것은 물론이고 좀 더 양질의 글을 쓸 수 있기 때문이다. 이곳저곳에서 떠오른 생각들을 나의 궁금증과 연결하고 기록을 통해 눈에 보이게 시각화한다.

4. 정리된 생각도 다시 본다.

깊게 생각한 주제가 있다면 다양한 방식으로 적용한다. 일타강사가 학습법을 알려 주는 티쳐스라는 프로그램의 수학 선생님은 한 가지 풀이 방식에 만족하지 말라고 강조한다. 여러 가지의 풀이법이 있으니 다양하게 접근해 보라고. 정리된 생각을 여러 분야에 적용해 보고 수정하기를 게을리하지 않는다. AI가 딥러닝을 하는 것처럼 나 역시 생각을 이리저리

던지며 새로운 옷으로 계속 갈아입는 것이다.

5. 내 생각을 존중해 줄 만한 곳에서 이야기한다.

사교육 시장을 잘 아는 것은 아니지만 지인의 이야기를 들으니 일방적인 학습에서 그치는 것이 아니라 자신이 배운 것을 선생님께 다시 강의하는 학원이 있다고 한다. 자신이 아는 것을 더욱 확실히 하기 위한 방법이다. 머리에서 생각하고 손으로 쓰고 입으로 말하는 것까지의 과정을 반복하면 완전히 나의 메시지가 된다. 단 나의 이야기를 존중해 주는 곳에서 편안한 마음으로 꺼내놓을 수 있어야 한다.

쓰고 나니 이런 과정을 담은 모임이 사유 독서이다. 모임 홍보는 절대 아니다. ^^

7

함께 읽으면 좋은 점

책을 좋아하는 나이지만, 나 역시 다른 독서 모임에 들어가 별다른 발언을 하지 않거나 진도를 따라가지 못한 적이 많다. 그럼에도 참여를 했던 이유는 그 모임이 아니면, 내가 절대로 완독할 수 없었던 책을 함께 읽기 때문이었다. 당연하게도 책을 편독하게 된다. 다양하게 읽으려 애쓸 뿐 누구나 더 손이 가는 장르가 있기 마련이다.

그럴 때 함께 읽는 시스템의 힘을 느낄 수 있는, 독서 모임에 들어가면 좋다. 나는 주로 너무 유명해서 내가 읽었다고 착각하는 책, 하지만 실제 내용은 모르는 스테디셀러나 철학서, 과학 도서를 다루는 모임에 기웃거리곤 했다. 설사 완독하지 못했더라도 모임에는 참여하려고 하는데 참여자들의 이야기를 듣고 있노라면 궁금한 마음에 늦더라도 완독에 성공할 수 있기 때문이다.

간혹 책을 읽을 때도 확증 편향이라는 인지적 왜곡이 생긴다. 평소 나의 신념이나 가지고 있던 생각과 일치하는 정보 위주로 읽으면서 '역시 내 생각이 맞았어' 하며 무릎을 치는 것이다. 함께 읽을 때의 좋은 점은 이런 오류를 수정할 수 있다는 점이다. 다른 사람의 감상을 통해 내가 놓친 저자의 견해를 다시 보며 사고에 깊이가 더해지는 것은 물론이고 자연스레 새로운 관점을 수용하기도 한다.

AI의 놀라운 기술력으로 우리는 각종 알고리즘 기능의 혜택 아닌 혜택을 누리고 있다. 나의 시청 시간과 특정 단어를 검색했던 히스토리로 관심 영상이 추천되어 무심코 보다 보면 시간 가는 줄 모르고 빠져들게 된다. 방대한 자료를 검색하지 않고도 나의 관심사에 따른 정보를 빠르게 얻을 수 있으니 편리하지만, 기존의 내 시각을 벗어나지는 못한다. 지금 가진 생각 그대로, 여전히 비슷한 사고를 하고 같은 프레임을 가진 채로 반대편의 생각을 알지 못하게 된다. 그래서 나는 독서 모임의 다양한 의견이 좋다. 나와 생각이 같은 사람을 만나는 것보다 다른 생각을 가진 사람이 반갑다. 같은 생각은 알고리즘이 놀랍게 잘 추천해 주니까.

독서 모임에 참여하게 되면 때론 상상도 못 할 새로운 이야기를 듣게 된다. 책에서 전혀 이해가 안 되던 인물의 행동도 누군가는 공감되었다는 이야기를 한다. "아 정말요? 그게 왜 그런 건가요? 저는 이해를 못 했거든요." 질문하며 나의 궁금증을 해소할 수 있다. 김연수 작가의 《이토록 평범한 미래》나 김성중 작가의 《국경시장》을 이야기할 때 특히 그랬다. 읽었던 책 중 알쏭달쏭한 책이 있었다면 메모해 두었다가 그 책을 다루는 독서 모임에 참여해 보시기를 권해드린다. 묵은 궁금증이 싹 해소될 것이다.

대면이 아닌 비대면 화상 모임이라 발언의 기회에 신경을 쓰는 편이다. 개인적인 이야기를 꺼리시는 분을 제외하고 공통적으로 느끼는 부분에서는 모두 이야기할 수 있게 말이다. 생각으로 그치는 것과 자신만의 언어로 발화되는 것에는 상당한 차이가 있기 때문이다. 뻔한 이야기라 생각될지라도 여러 사람이 모인 자리에서 완전한 문장으로 발언한 이후엔 내 생각에 힘이 실린다. 한 번 더 생각하게 되고, 막연히 '~해야지' 했던 다짐에 실천이 뒤따라오기도 한다.

모임에서 나눈 이야기를 블로그에 후기로 빠르게 정리한다. 참여한 사람은 후기를 읽으며 다시 한번 자신의 견해를 정리하는 계기가 되고 참여하지 못한 사람은 미처 듣지 못한 사람들의 이야기를 엿볼 수 있기에 되도록 빠트리지 않으려 노력한다. 후기를 읽으며 멤버들은 내가 이런 이야기를 했었냐며 꽤 자주 놀란다. 읽기만 하면, 말만 하면 금방 잊기 때문이다. 그런데 기록해 두면 우리 꽤 기특하고 멋진 생각을 자주 한다는 걸 확인할 수 있다. 그래서 지금은 독서 모임에 사유 노트를 추가해 개인의 기록을 소장할 수 있게 매일 읽고 쓰는 중이다. 생각의 확장을 보는 일, 그것은 꽤 그럴싸한 일이니까.

함께 읽으면 좋은 점, 사실 너무 많지만 마지막으로 하나 덧붙이자면 느슨한 연대감이 아닐까 싶다. 독서 모임을 시작하기 전 자기소개를 따로 하지 않는다. 책의 문장과 나의 생각에 집중하며 매일의 분량을 읽고 쓰고 인증하며 정해진 날 발제를 통해 생각을 나눌 뿐이다. 몇 마디 말로 자기소개를 한들, 한 달이라는 시간 안에 서로를 알 수 없다고 생각하기 때문이다. 섣불리 알려는, 추측하려는 시도도 하지 않는다. 그럼에도 밑줄 친 문장들을 통해, 기록된 나의 이야기를 통해 묘하게 연결감을 느낀다. 당신도 그런 생각이 있군요, 공감하고 위로를 얻는 것이다.

관심사만큼 다양한 모임, 채팅방이 존재한다. 내가 운영하는 모임 또한 그중 하나다. 함께이기를 선택하거나, 나가거나 그것은 언제나 자유다. 하지만 속해 있을 때만큼은 안전지대이기를 바라는 곡진한 마음으로 정성을 다한다. 올해 익숙하지 않은 책 한 권 읽어보고 싶다거나, 올해만큼은 기록을 남기고 싶은 사람, 서툴지만 나의 생각을 나누고 싶은 사람이라면, 무조건 독서 모임을 권한다.

8

독서 모임으로 달라진 점

최근 2, 3년간 내가 자주 듣는 말이 있다.

'공감과 경청의 요정'

'리스너'

'열린 마음의 사람'

원래 그런 사람이었느냐 하면 절대 그렇지 않았다. 최근 2, 3년 동안 듣게 된 말이라고 한 것도 그 때문이다. 순전히 독서 모임을 운영한 덕분이다. 책을 통해 삶의 다양성을 알게 됐다. 그리고 독서 모임을 통해 실제 자신만의 삶을 살아가는 이들을 만난다. 운영자가 답안지를 제시하지 않는 한 사람들은 각기 저마다의 이야기를 준비해 온다. 나는 이들의 이야기가 궁금하다. 도대체 어떤 삶을 꾸리고 있는지, 어떤 모양의 삶을 살기 원하는지 힌트를 얻어 내 삶에 적용하고 싶은 안달이 난 사람처럼.

잘 듣지 않았을 때는 내가 다 알고 있다고 생각했다. 어차피 내가 다 아는 이야기 듣는 것은 시간 낭비라고 생각했기 때문에 들으려고 하지 않았다. 당연히 순 엉터리였다.

"난 커피 무슨 맛으로 먹는지 모르겠어. 나한테는 커피는 쓴맛 하나인데 말이야. 남들 마시니까 그냥 먹는 거야. 물 많이 탄 아메리카노로." 직장 상사 한 분이 아메리카노를 주문할 때마다 하시던 말씀이었다. 물론 나 역시 커피 맛이 다 비슷하게 느껴지던 때가 있었다. 하지만 하나하나 다른 이름의 원두를 접하며 커피의 맛이 천차만별임을 알게 되었다. 원두에 따라 다른 것은 물론이고, 어떤 물을 쓰는지, 어떤 필터를 쓰느냐에 따라, 바리스타에 따라서도 커피 맛은 달라졌다.

커피도 그러할진대 우리 인생은 어떨까? 비슷한 경험을 해도 10대, 20대, 30대, 40대 언제 그 일을 겪느냐에 따라 반응이 달라지고 어느 시점에 회고를 하는지에 따라서도 기억이 달라진다. 삶은 나를 만나 달라진다. 나는 삶을 만나 달라진다. 어떤 사람을 만나느냐, 어떤 꿈을 꾸느냐, 어떤 이야기를 나누느냐에 따라 우리의 삶은 변화한다. 그러니 이야기 듣는 것을 게을리할 수 없게 됐다. 나의 또 다른 가능성을 만나는 일, 누군가의 삶의 가능성을 더하는 일이 독서 모임을 통해 이뤄지고 있으니 말이다.

운영자이기 때문에 조금 더 형식적으로 들으려 노력한 부분이 있겠지만, 독서 모임을 참여하는 사람들 모두가 경험하는 변화다. 사람은 함께하는 사람의 영향을 받게 마련이다. 늘 가면을 쓰고 자신의 감정을 숨기던 사람도 속수무책으로 솔직한 사람 앞에서는 무장 해제된다. 몰랐던 자신의 욕망을 바로 보는 계기가 되기도 하고 상대의 경험을 통해 몰랐던 지혜를 얻게 되기도 한다.

다른 사람의 이야기를 듣는 것은 그저 타인의 속내를 아는 경험에 그치지 않는다. 독서 모임을 통해 나누는 이야기는 대개 힘든 경험, 감정일 때가 많다. 어렵게 꺼낸 이야기가 절대로 땅에 떨어지지 않는 이유는 타인의 이야기가 곧 나의 이야기로 와닿기 때문이다. 타인의 고백으로 잊고 있던 나의 기억이 떠오르고 그를 위한 위로의 말이 나에게 주는 용기와 격려가 된다.

내가 미처 발견하지 못한 삶의 상처와 경험들을 끄집어 이름을 붙여 주고 싶어 책을 읽고 독서 모임을 한다. 함께 하는 사람들의 이야기를 들으려 노력하는 것은 나의 삶을 더 자세히 보고 싶어서이다. 리스너로 타고나서가 아니라, 모임의 운영자여서가 아니라 내 삶을 존중하는 마음으로 그리한다. 그리고 지금까지 오랜 시간 나와 독서 모임을 함께 한 멤버들이 모두 그러한 마음으로 함께하고 있다.

이런 해결 방식이 있구나.

이렇게 반응할 수도 있구나.

같은 문장을 이렇게 다양하게 해석할 수 있구나.

해결하지 않아도 괜찮구나.

무력하지 않게 받아들이는 삶도 있구나.

꿈을 꾸는 사람은 이렇게 아름답구나.

꿈을 꾸지 못하는 시간이 있을 수 있구나.

누구나 꿈꿀 수 있다는 말이 때론 폭력이 될 수도 있구나.

내가 어디서 이런 깨달음을 얻을 수 있을까? 책과 사람이 있는 독서 모임이 아니었다면 나는 여전히 내 삶에 정답지 하나만 들고 사는 고루하고 편협한 삶을 살았을 것이다. 정답을 알고 있다는 우쭐한 얼굴로 말이다.

9

나와 잘 맞는 독서 모임 찾기

맛있는 음식을 먹으면 그 맛을 누군가와 나누고 싶고, 좋은 장소에 다녀오면 함께 방문하고 싶은 사람이 생각나는 법이다. 책도 마찬가지인데 음식과 관광지처럼 호불호 없이 좋아할 화제는 아니어서 아무나 붙잡고 이야기할 수 없다는 게 한탄스러운 지점이다. 그래서 책을 좋아하는 사람들은 읽은 책이나 관심 분야의 주제로 대화할 수 있는, 책 이야기를 반가워하고 같은 마음으로 몰입해 경청해 주는 사람을 찾는다. 급기야 그런 사람들이 모인 모임, 독서 모임을 검색하게 되는 것이다.

그런데 생각보다 원하는 독서 모임을 찾기가 힘들다. 검색창에 '독서 모임'이라고 검색해 나온 결과는 어쩐지 내가 참여할 곳이 아닌 것 같은 느낌이다. 그들끼리 즐겁고, 저들만 똑똑한데 괜히 내가 참여했다가 분위기를 싸하게 만드는 건 아닐까 하는 걱정도 되고 말이다. 외향적인 사람이라면 독서 모임 찾는 법 같은 건 필요 없을지 모른다. 원하면 만들면 되고 지인 추천을 받을 수도 있다. 검색해 나온 독서 모임 중 하나를 선택해 바로 참여할 수도 있겠다. 요즘은 독서 모임이나 취향 모임을 위한 전문 플랫폼 서비스가 많아 어쩌면 선택의 즐거움까지 누릴지도 모른다.

내향적인 사람이라면 나의 팁이 도움이 될 것이다.

1. 내가 좋아하는 책들의 리스트를 작성한다.
2. 책의 종류가 소설인지 자기 계발서인지 과학, 인문 분야인지 분류한다.

3. 가장 이야기하고 싶어 미치겠는 주제가 무엇인지 적는다. 작품에 대한 분석인지 내 삶에 적용하고 싶은 실제적인 방법인지 스스로에게 질문한다.
4. 독서 모임을 하고자 하는 이유가 단순히 이야기 욕구인지, 커뮤니티 형성인지 확인한다.

1, 2번의 질문은 참여할 독서 모임의 주제와 관련이 있다. 모임장의 취향에 따라 소설을 주로 다루는 모임이 있고 인문분야를 주력으로 하는 모임이 있다. 재테크나 자기 계발을 위한 모임 또한 많기에 내가 좋아하는 책의 분야를 정확히 알아둬야 나와 잘 맞는 독서 모임을 찾을 수 있다. 나 역시 별 기대 없이 검색했는데 생각보다 다양한 독서 모임 정보에 놀라 선택의 어려움을 느낀 경험이 있다. *'책을 좋아하는 사람이 이렇게 많았나? 나는 명함도 못 내밀겠네.'* 하고 조용히 화면 닫기를 누르지 않으려면 먼저 자가 진단 필터를 통해 선택의 폭을 줄여야 한다.

3번은 독서 모임의 색깔을 결정하는 주요 질문이다. 신변에 대한 이야기는 싫고 작품에 대한 이야기만 하고 싶은 사람이 있고 그래서 내 삶과 어떤 유사성이 있는지 지금 우리가 사는 이야기를 하고 싶은 사람이 있다. 모임의 성격과 나의 목적이 맞아야 즐거운 독서 생활을 지속할 수 있다. 내가 하고 싶은 이야기가 무엇인지 제대로 생각한 적이 없다면 책을 읽은 후 나의 감상에 주목해 본다. 이 책을 읽은 다른 사람의 생각이 궁금한지 저자의 생각이 궁금한지 또는 책 속 주인공에게 내 이야기를 들려주고 싶은지 파악한 후 모임을 찾으면 도움이 된다. 다른 사람의 의견이 궁금한 사람은 좋아하는 분야의 일반적인 독서 모임을, 저자의 생각이 궁금하다면 북토크 참여를, 누군가에게 내 이야기를 들려주고 싶은 사람은 읽고 쓰는 모임 또는 글쓰기 모임을 고려해 보면 좋을 것 같다.

4번은 3번과 연결되는 질문이자 오프라인 다른 활동으로까지 확장되는 영역이다. 책과 관련한 이야기만으로 만족하는 사람이 있고 결이 비슷한 사람들과의 연결에 더 비중을 두는 사람이 있다. 요즘은 오프라인 독서 모임은 물론이고 온라인 독서 모임 역시 오프라인 만남으로 확장되는 경우가 많다.

모임에 참여하기 전 나는 어떤 쪽인지 생각을 해두면 후속 활동에 당황하지 않고 현명하게 결정할 수 있다.

그래서 이런 독서 모임을 어디서 찾을 수 있냐 하면,

1. 트레바리, 넷플연가 등 오프라인 기반 독서 모임 플랫폼
2. 문학동네, 민음사 북클럽 등 출판사가 운영하는 독서 모임
3. 네이버 블로그, 인스타그램 등 도서 인플루언서의 정기적 독서 모임 모집
4. 거주 지역을 기반으로 한 맘카페 혹은 위치기반 서비스
5. 자주 가는 카페나 동네 책방의 소모임
6. 도서관

트레바리나 넷플연가 같은 플랫폼에서 선택하는 독서 모임은 오프라인 기반에 번개 모임까지 있어 다른 독서 모임보다 적극성이 필요하고 출판사나 인플루언서가 운영하는 독서 모임은 온라인 기반 모임이 많은 편이다. 물론 온라인 기

반이더라도 책에 대한 애정과 열심은 오프라인 못지않게 느낄 수 있으며 운영자와 모임의 성격에 따라 오프라인 모임이 수반되기도 한다. 거주 지역을 기반으로 한 카페나 플랫폼을 이용하는 사람들은 시간과 장소의 제한을 받지만 대면으로 소통하고 싶은 사람들이 모이며 도서관의 독서 모임이나 북 토크도 관심 있게 봐두면 좋다. 내가 다니는 동선에 취향이 맞는 북 카페나 동네 책방이 있다면 더 찾을 것도 없다. 우선 취향에 맞는 곳이라면 주인장의 책 선정은 볼 것도 없이 같은 취향일 확률이 높으니 모집 안내를 보신다면 용기를 내 참여하면 좋겠다.

관심을 가지면 생각보다 다양한 곳에서 독서 모임을 모집함을 발견할 수 있을 것이다. 나는 위 열거한 모든 곳에서 독서 모임을 경험했는데 리더와 장소에 따라 분위기가 모두 달랐다. 첫 참여가 어렵다. 만나는 사람과 장소에 변화를 주기 시작하면 생각지 못한 기회를 얻을 수도 있으니 어색하지만 익숙함을 조금씩 벗어나 보자.

10
독서 모임을 만들고 싶다면?

독서 모임을 만들고 싶은 이유는 저마다 다를 것이다. 나는 책이라는 도구를 통해 사람들의 마음에 공감하면서 한편으로는 다른 시각을 배우고 싶어 독서 모임을 찾게 되었다. 그리고 자연스럽게 타인이 선정한 책이 아닌 내가 고른 책을 사람들과 이야기하고 싶어졌다. 그 외 1, 2 꼭지에서 밝혔던 이기적인 마음, 이타적인 마음 등이 독서 모임을 만들고 싶다는 생각에 동력이 되었는데 어쨌든 독서 모임 자체를 경험해 보지 않았다면 생기지 않았을 바람이었다.

모임을 만들기 전 우선 다양한 모임에 참여해 보시기를 권한다. 운영자에 따라 모임의 방식과 분위기가 달라서 나와 맞는 모임의 결을 찾는 시간이 될 수 있기 때문이다. 다른 모임의 참여로 나의 강점을 발견할 수도 있다. 언뜻 다 같은 독서 모임처럼 보이지만 책의 주제만큼 모임의 색깔이 다 다를 수 있는 게 독서 모임이다. 타 독서 모임의 참여는 유명한 사람의 강의를 들을 때 느끼는 '난 저 사람처럼 유명인이 아니잖아.' 같은 자괴감이 들지 않는다. 이런 이야기를 이렇게 할 수 있구나, 나는 이런 이야기를 할 수 있겠구나, 오히려 나만의 메시지가 또렷이 보이기도 한다. 또한 참여자로서 모임의 시스템을 이해하고 보완점을 찾을 수 있다. 실제 모임을 꾸린 후 경험한 독서 모임의 좋은 것만 반영하며 시행착오를 줄일 수 있게 된다.

함께 읽고 싶은 이유, 즉 목적을 정하는 것도 모임의 색깔을 결정하기 위한 중요한 단계이다. 목적을 정하는 일은 책의 주제와 장르를 정하는 것과 연결된다. 경제 · 경영 서적을 읽으며 재테크 공부를 하고 싶은지, 자기 계발서를 함께 읽으며 습관을 개선하기 원하는지, 소설과 에세이 문학 작품을 함께 읽으며 일상을 나누고 싶은지 방향을 잡을 수 있다. 지금 내가 운영하는 사유 독서는 책을 읽고 머무르는 시간을 통해 내 삶의 목적과 방향을 발견하는 데 애를 쓴다. 저자의 깨달음이 나를 통과해 나만의 고유한 이야기로 저장될 수 있도록 함께 읽고 쓴다. 그래서 익숙하지 않은 이야기더라도 나를 붙잡게 하는 주제의 책을 장르 가리지 않고 선정한다. 물론 한 번에 '이렇게 해야지!' 하고 설정한 것은 아니고 변화를 주면서 지금의 모습에 이르렀다. 이처럼 중간에 모임의 색깔을 변경할 수도 있다. 처음에 생각한 방향으로 지속할 수도 있지만 다양한 방식을 시도할 수 있으니 고민하며 주저하기보다 일단 시작해 보는 것도 방법이다.

가장 중요한 것은 운영 방식이다. 오프라인을 기반으로 한 책 모임이라면 만나서 운영 방식을 논의할 수 있고 좀 더 깊은 이야기를 나눌 수 있어 멤버들의 개별적인 상황을 고려할 수 있다. 요즘은 온라인 기반으로도 세심하게 책 모임이 가능해졌다. 온라인, 오프라인 병행하며 읽고 있는 책의 분량을 온라인 공간에 인증할 수 있으며 줌을 통해 소리 없이 함께 읽는 시간을 가질 수도 있다. 책을 완독하는 것보다 나만의 기록과 깨달음 또는 실천이 중요한 모임이라면 SNS 업로드나 글쓰기, 나만의 원씽을 실천하고 발표하는 활동을 하며 아웃풋을 더 강조할 수도 있다. 어떻게 운영할지는 운영자의 고민에 따라 천차만별이라 타 독서 모임을 참여한 경험이 도움이 될 수 있다.

주제와 목적, 운영 방식까지 정해졌다면 다음은 모객이다. 나의 의지로만 할 수 없는 게 독서 모임이기 때문이다. 함께할 사람이 있어야 모임이 시작되기에 모임을 알리고 사람을 모을 수 있는 방법을 고민해야 한다. 지역 기반 카페나 밴드, 개인 SNS 채널, 주변의 지인들, 도서관 모임, 회사 내 소모임, 학교 학부모 모임, 동네 서점 등 의지만 있다면 알릴 수 있는 곳은 많다. 첫술에 배부를 수 없으니 소수의 인원이라도 일단 시작하고 경험을 쌓는 게 좋다. 이중 SNS 채널은 독서 모임뿐 아니라 기록을 통해 나라는 서사를 쌓기에도 도움이 되기에 꼭 운영하시라고 권한다.

연령에 제한을 둘지, 시즌제로 운영할지 매회 모임마다 모객을 할지, 유료로 할지, 무료로 할지 역시 고민할 사항이다. 독서 모임을 처음 시작하게 되면 생각보다 정해야 할 것이 많다는 것에 어려움을 느낀다. 하지만 너무 잘하려는 욕심을 내려놓으면 시행착오를 통해 오히려 더 나아질 수 있는 부분이기도 하다. 시작 단계에서는 돌발 상황이나 이런저런 아쉬움이 생기기 마련이라 무료로 경험을 쌓으면 추후 노하우와 자신감을 바탕으로 유료로 전환할 수도 있다. 이런 부분은 운영하면서 발전시킬 수 있기에 처음부터 너무 고민하지 않아도 된다.

서로 다른 생각을 가진 사람이 다수 모이는 곳이기에 간혹 소통의 어려움을 겪기도 한다. 그것을 방지하기 위해서 모임의 규칙을 미리 공지하는 것도 필요하다. 참여가 중요한 모임이기에 성실히 참여한 사람들에게 혜택을 주거나, 활발한 참여를 유도하기 위해 중간중간 이벤트를 할 수도 있다. 또는 모임에 몇 회 이상 불참 시 지속할 수 없다는 규정을 만들어 꾸준한 분위기를 유지하는 것도 중요한 부분이다.

무엇보다 함께 이야기를 나누고 싶은 사람들이 모인 만큼 경청하려는 자세가 중요하다. 다른 어떤 규칙보다 참여자의 의견을 끝까지 듣고 존중하는 태도를 운영자 스스로가 실천한다. 동의하고 싶은 한 사람의 의견이 있더라도 치우치지 않고 참여자들의 생각을 모으고 정리하는 운영자의 역할을 충실히 할 수 있어야 한다.

독서 모임을 만들 때의 마음은 다양하게 출발한다. 하지만 운영하면서 분명하게 깨닫는 역할이 있다. 함께 하는 사람들이 편하고 안전하게 생각을 꺼내놓을 수 있는 환경을 가꾸는 게 나의 역할이라는 것. 편안하고 자유롭게 내 의견을 말할 수 있되, 얻어 가는 것이 많은 모임. 나라면 이런 모임에 참여하고 싶을 것 같다.

part 4

책으로 주도적인 삶 살기

1

독서가 무용한 일이 되지 않게

문화체육관광부가 최근 발표한 '2023 국민 독서 실태 조사'에 따르면 지난해 성인 가운데 일반 도서를 단 한 권이라도 읽거나 들은 사람의 비율을 뜻하는 종합 독서율이 43.0%에 그쳤다. 직전 조사 시점인 2021년 대비 4.5% 포인트 감소했으며, 1994년 독서 실태 조사를 실시한 이래 가장 낮은 수치라고 한다. 처음 조사가 이뤄진 1994년까지만 하더라도 86.8%에 달했는데 이후 매번 역대 최저치를 경신하고 있다니 내 주변엔 다들 책 좋아하던데 어찌 된 일일까?

독서 인구가 많아지는 것이 왜 필요할까? 그것이 나와 무슨 상관일까? 많은 팔로워를 가진 북스타그래머들은 독서 인구가 많아졌으면 좋겠다는 말을 한다. 더 많은 사람이 책을 읽기를 바란다는 문장이 항상 피드에 등장한다. 왜? 왜? 책을 읽으라고 하는 걸까?

책이 얼마나 나를 변화시켰는지는 앞서 쭈욱 이야기했다. 그러니 당신도 읽었으면 좋겠다는 이야기를 이 책 전반에 걸쳐서 하고 있지만 가장 중요한 것은 실제적 변화, 측정 가능한, 한눈에 알아차릴 수 있는 변화다. 그러니까 나의 생산력, 부가 가치 창출에 책이 도움이 되었는지를 말하고 싶은 것이다. 정성적 변화의 가치가 중요하지 않다는 것이 아니다. 다만 당장 책을 읽고 변할 게 없다면 우선순위에서 밀릴 수 있기에 측정 가능한 변화를 한 번 더 강조할 뿐이다.

수동적인 동영상 시청보다 자기 계발에 더 큰 시간을 쓰고 싶지만 익숙하고 편한 선택을 하게 되는 게 당연한 결과다. 하지만 독서로 부가 가치를 창출할 수 있다면? 생산력이 중

대된다면? 독서로 돈을 벌 수 있다면? 독서로 나와 내 아이가 다른 꿈을 꿀 수 있다면?

1권의 책을 읽고 저자의 생각에 감명을 받아 그대로 실천할 수 있다면 얼마나 좋을까? 하지만 우리는 의심한다. *이게 정말 맞아? 이대로 하면 나도 달라져?* 하는 마음에 실천하지 않고 이내 내용을 잊어버린다. 그리고 또 다른 책을 산다. 읽은 책의 권수는 쌓이지만 실천한 성공의 경험은 없다. 불신이 더 쌓인다. *어차피 다 같은 내용이야. 기대했는데 역시 천편일률적인 자기 자랑, 성공 신화지!*

그럼 이건 어떨까?

1. 시간과 경제 비용의 상한선이 정해져 있는 사람이 할 수 있는 유일의 자기 계발이 책이라서 책을 읽었다.
2. 소설을 읽으며 삶의 다양한 모습, 저마다 다른 사람의 성격을 알게 되고 인간관계가 좋아졌으며, 경제 · 경영 도서를 통해 재테크에 눈을 떴다.

3. 직장 생활에서 추락한 자존감을 잊고자 무엇이든 생산하려 블로그에 읽은 책을 기록했다.
4. 기록이 쌓여 도서 인플루언서에 도전했다. 9번의 시도 끝에 도서 인플루언서가 되었다.
5. 아무도 내 말에 귀를 기울여 주지 않아 글을 썼다.
6. 독서 기록과 글쓰기가 모여 모임을 만든다.
7. 퇴사를 하고 기획하는 대로 수익화를 할 수 있다.

독서와 글쓰기는 책 협찬, 원고료, 독서 모임 등 수익화를 이루는 도구가 되어 나를 생산자로 만들어 줬다. 물론 나의 퇴사는 책을 통한 수익화의 결과라고는 말할 수 없다. 다만 원하는 책을 실컷 읽고 만나고 싶은 사람을 만나고, 쓰고 싶은 글을 쓰는 삶을 살고 싶었다. 퇴사를 계획했으니 성취감을 위한 약간의 수입, 커뮤니티 구축 정도가 나의 목표였다. 하지만 더 야심 찬 목표가 있었다면 그것을 향해 준비하고 노력하며 이뤘을 것이다. 내게 대단한 재능이 있어서가 아니라 누군가 했다면 나도 할 수 있다고 믿었기 때문이다.

도서 인플루언서라면 책 협찬을 넘어 제작 비용 지원을 기대할 수 있고, 나누고자 하는 메시지의 결대로 다양한 활동을 기획할 수 있다. 독서를 통해 사업에 필요한 인사이트, 실제적인 팁을 얻을 수도, 투자 아이디어를 얻을 수도 있다. 내가 믿고 실천만 한다면 말이다.

많은 사람이 말하는 방식대로 했는데 변하지 않는 이유는 어떤 삶을 원하는지 정확히 구체화하지 않았기 때문이다. 무엇을 원하는지 모르기에 답답한 시간을 보내며 만족할 수 없을 뿐이지 실패는 아니다. 목표를 향해 끊임없이 질문하면 반드시 원하는 것을 찾아 몰입할 수 있다. 답은 덮어놓고 미루는 사람이 아니라 '정말 되는 거냐고?' '어떻게 하느냐고?' 질문하는 자만 얻을 수 있는 법이다. 독서는 여유 있는 사람들의 고상한 취미 생활이 아니다. 시간과 돈이 절실한 사람이 만날 수 있는 가장 성공한, 친절한 안내자다. 내가 책을 끊임없이 읽을 수 있는 이유는 바로 변화를 통한 실제적인 유익을 경험했기 때문이다.

2

읽다 보면 쓰고 싶다

글쓰기 선생님이 내 글은 자의식 과잉이라고 하셨다. 자의식? 그게 뭐지? 뭔가 안 좋은 뉘앙스의 이야기인 것 같은데 자기만의 생각이 있다는 얘기라면 좋은 건가? 하면서도 과잉이라는 단어가 걸렸다.

자의식을 네이버에 검색했더니

1. 자기 자신이 처한 위치나 자신의 행동, 성격 따위에 대하여 깨닫는 일

2. 자기 자신에 대하여 아는 일.

3. 외계나 타인과 구별되는 자아로서의 자기에 대한 의식

설명을 보니 좋은 거 같은데, 이런 뜻으로 하신 말씀은 아닌 것 같았다. 아래쪽에 나무위키 '자의식 과잉'이 눈에 보였다. '실제로는 존재하지 않는 남의 시선이나 심리를 과다하게 느껴 비상식적인 사고방식이나 패턴을 보이는 경우를 대충 어림잡아 부르는 말. 쉽게 말해 자기 평판에 집착하는 경우이다.' 앗, 이거구나!

책을 여러 권 읽으면서 새로운 욕망이 생겼다. *'나도 쓸 수 있지 않을까?'* 나도 이들처럼 생각나는 것들을 거침없이 풀고 공감을 받고 싶다는 욕망 말이다. 읽은 후에 쓰는 것은 자연스러운 과정이었다. 어떤 목적이 있어서가 아니라 저자의 생각에 자꾸 대꾸를 하고 싶었다. *'저도 그렇게 생각해요!'* 또는 *'전 그렇게 생각하지 않는데요, 저는요…….'* 불특정 다수가 보는 글에서 혼잣말을 많이 했다. 누군가를 저격하거나 염두에 두고 쓴 글이 아니었지만, 혹시나 악플이 달릴까 두려

워 뜬금없이 괄호 안에 긴 변명을 넣기도 했다. 그리고 늘 두 가지 생각을 동시에 했다. 누가 내 글을 봐줬으면, 아무도 내 글을 보지 않았으면. 유명해졌으면, 아무도 나를 몰랐으면.

내 욕망을 알리는 것이 두려웠다. 사람들이 내 글을 많이 봐줬으면 좋겠다고 생각하면서도 조회 수가 적으면 누구보다 내가 내 글을 좋아하니 괜찮다고 말했다. 완벽한 거짓은 아니지만 정말로 괜찮은 건 아녔다. 기대했으면서도 아닌 척하고 욕망으로 가득 찼으면서도 무심하다는 듯 글을 쓰니 분명치 않은 자의식이 여기저기 튀어나올 수밖에 없었다.

글쓰기는 그런 나를 발견하는 도구였다. 꼭꼭 숨어 있는 나를 발견하고 욕망을 꺼내 주는 지루한 과정이기도 했다. 읽는 사람보다는 쓰는 나를 위한 글쓰기도 괜찮다고 생각했다. 누구나 처음부터 예리하게 벼린 메시지로 독자 마음을 사로잡는 글쓰기를 할 수 있는 건 아니니까. 정리되지 않은 마음으로 쓴 어수선한 글을 여러 플랫폼에 올렸다. 때로는 글 쓰는 나에게 도취되기도 하고, 때로는 어쩜 이런 말도 안 되는 글을 썼나 부끄러워하기도 했다. 오랫동안 혼자 글을 써왔기에 나쁜 습관을 고치는 게 참 어려웠고 지금도 완벽히 고치지는 못했지만 즐겁게 썼다. 지치지 않고 썼다. 어쩌면 이런 뻔뻔함이 지금까지 글을 쓰게 한 원동력이지 않았나 싶다. 비록 자의식으로만 점철된 주제 없는 글이긴 했지만, 글쓰기가 진절머리 난 적은 한 번도 없었다. 좋은 글쓰기 선생님을 만나 나의 단점을 인지한 다음부터는 내 욕망을 감추지 않고 자연스럽게 드러내는 노력을 했다. 막상 펼쳐보면 별거 아닌 것들이었다.

출세하고 싶지 않다고 대수롭지 않게 말했지만, 누구보다 잘 나가고 싶은 사람이었다는 거, 모든 사람에게 다정한 사람이 되기 위해 노력했지만, 사실은 속으로 여럿을 평가하며 분노하고 있었다는 거, 재능이라곤 성실하고 꾸준하다는 것뿐이라고 말하지만, 사실은 뭐든 잘한다고 생각한다는 거. 이런 종류의 생각들이었다.

막상 꺼내 놓으니 그래서 뭐? 솔직한 문장이 줄줄 나왔다. 어떤 모습이 나인지 모르겠다는 말을 자주 했는데 솔직하게 쓰고 나니 누구나 가질 수 있는 양가감정이라는 생각이 들었다.

검열하지 말고 솔직하게 쓰라는 말이 듣기 싫었다. 솔직하게 썼는데 이게 아니라고 하니 답답할 노릇이었다. 지금 생각하면 좋아 보이는 모습만 선택적으로 쓰려고 했던 게 문제였다. 책을 쓰고 싶은데 계약이 안 되는 게 아니라, 아직 책을 쓰고 싶은 마음이 덜해서 계약하지 않는 거라고 하고 싶었다. 그러니까 책을 쓰고 싶은 마음이 얼마나 큰지는 철저히 숨기고 글 쓰는 자체가 좋아서 글을 쓰고 있다고 고상을 떨었던 것이다.

책에는 다양한 사람이 등장하지만, 한편으로는 다 비슷한 사람들의 이야기이다. 책을 쓰는 사람도 마찬가지. 그래서 나도 꿈을 꿨다. 저들이 했다면, 나도 할 수 있지 않을까? 책을 읽지 않았다면 알지 못했을 꿈이고, 욕망을 쓰지 않았다면 일어나지 않을 일들이었다. 아프지 않은 척, 괜찮은 척을 해

보았지만, 투고에 실패할 때마다 마음을 숨길 수 없었다. 괜찮다는 말을 많이 해서 나조차도 깜빡 속을 뻔했는데 출간 계약에 실패할 때마다 나오는 눈물이 괜찮지 않음을 말해주고 있었다. 정직한 눈물 덕에 글쓰기를 좋아하는 나를, 출간 작가가 되고 싶은 꿈을 잊지 않고 기억할 수 있었다.

나만 뒤처지는 것 같고, 나만 일이 안 풀린다는 생각을 할 때가 있다. 잘하고 있는 것은 조금도 보이지 않고 타인의 성공만 눈에 보인다. 이럴 때도 책으로 마음을 다스린다. 나만의 북소리를 따라가라는 소로우의 문장, 나선형으로 성장하고 있다는 한수희 작가님의 문장을 기억하며 내가 원하는 길을, 나의 방식대로 가고 있는지 점검한다. 그렇다면 반드시 꿈이라는 목적지에 도착할 것이다. 한숨 고르고 다음 여정을 준비하며 담담히 가면 된다.

3

돌봄과 일, 균형은 무엇인가?

돌봄과 일이라는 제목을 쓰고 너무 거창한가 생각했다. 돌봄과 일에 대해 할 말이 많지만, 책임감 없이 그저 뱉기만 하는 사람이 되고 싶지 않기 때문이다. 돌고래 출판사에서 펴낸 《돌봄과 작업 1, 2》이 좋아 제목을 따왔고 그들의 수고와 애씀에 더해 나의 돌봄과 일에 대해서도 나누고 싶다. '돌봄과 작업'은 아이를 돌보는 일과 내 것을 만드는 일 사이에서 시도하고 실패하고 성장하는 여자들의 이야기다. 여성들의 돌봄과 작업의 이야기가 굳이 따로 이렇게 책으로 나올 수밖에 없는 사회 현실이 안타까우면서도 한편으로는 함께 하는 마음으로 공감하고 응원할 수 있어 기쁘기도 하다.

나는 특별히 워킹 맘, 전업 맘이라는 한 가지 정체성에 집중해 본 경험은 없다. 휴직 중에도, 퇴사 후에도 회사를 다니지 않을 뿐이지, 놀고 있다는 생각을 한 적이 없다. 꼭 어린아이가 아니라도 누군가를 책임져야 하는 돌봄과 가사 노동에서 자유롭지 않다면 모두가 일하는 사람이다. 초등학생인 우리 두 딸도 자신들이 해야 할 일이 너무 많다고 생각하고 있으니 정말 놀고만 있는 사람들은 없는 것이다.

그래서 일을 한다는 의미, 어떻게 일해야 내 삶이 의미 있을까에 대한 고민을 많이 했다. 제현주 작가의 책들이 이런 고민에 도움이 됐다. 제현주 작가는 일을 그저 돈벌이라고, 혹은 사회적 헌신이라고, 혹은 꿈을 이루기 위한 것이라고 뭉뚱그린다면 우리가 머릿속에 그리는 일은 늘 현실에서 몇 발자국 떨어진 환상일 것이라고 했다. 덜컹거리는 현실에서 최선으로 일하려면 일을 이루는 수많은 결을 하나하나 발라내 균형을 맞춰가야 한다고.

일의 여러 속성끼리의 균형도 중요하지만, 해야 하는 역할의 균형도 필요했다. 일하면서 가정을 돌보는 일(가사, 육아)을 동시에 할 수 없었고, 회사에 존재하면서 아이의 감정을 적시에 알아봐 주는 것은 불가능했지만 해내야 하는 일이었다. 퇴근 후에 또는 업무 짬짬이. 누구도 내게 선택을 강요하지 않았지만, 선택의 순간마다 혹시라도 나의 이기적인 결정으로 무엇이 잘못될까 하는 두려움을 느끼기도 했다.

이처럼 돌봄과 일은 균형이 맞춰지지 않았다. 나를 필요로 하는 상황이 돌봄과 일의 영역에서 거의 동시다발적으로 일어났고 '균형'이라는 단어를 생각하면 감정이 치고 나와 싸움이 생기기 일쑤였다. 남편이 돌봄에 무신경해서는 아니었다. 특별히 어느 시절에 내가 해야 하는 일이 과하다고 느껴졌고 무엇도 균형을 이룰 수 없음에 자주 화가 났다. 균형을 이루는 삶을 그토록 지향한 것은 현실이 그렇지 못했기 때문이었다.

《돌봄과 작업》을 통해 나만 그런 게 아님을 확인하며 기뻤다. 공감했다. 장수연 작가님은 '선택과 집중'이라는 말을 가장 싫어한다고 했다. 무엇도 포기할 수 없는 선택지 앞에서 그 말은 참으로 공허하고 무력하다고. 결국은 다 해내야만 하는 일이므로 중요도와 우선순위를 계산할 시간에 차라리 빨리 움직이는 게 낫다는 씁쓸한 말에 고개를 끄덕였다. 그렇게 우리는 어떻게든 해내며 자신도 모르게 다른 곳에 도달하게 됐다고 말한 서유미 작가님의 이야기, 절대적으로 나를 필요로 하는 존재가 있다는 사실이 내 삶의 목적을 더 단단하게 만들었다는 엄지혜 작가님의 이야기는 육아가 우리의 고단함이자 감사함이라 깊이 공감하며 읽었다.

돌봄에 대한 이야기를 굳이 보태는 이유는 무거운 짐을 전가하고 싶어서가 아니다. '나 자신을 잃었을 때' 가장 슬펐기에 부모가 되려면 나 자신을 더욱 사랑하는 사람이 되어야 한다는 이수현 작가님의 말을 나 역시 하고 싶기 때문이다.

책과 글에 집중하고 싶어 자발적인 퇴사를 선택했음에도

고정적인 월급이 들어오지 않는다는 이유만으로 자주 위축되고 예민해지는 나에게 딸이 이런 말을 했다.

"엄마, 나는 엄마가 공무원이었을 때, 남들이 그게 좋은 직업이라고 하니 자랑스러웠지만, 그것보다 엄마가 글 쓰는 사람이라는 게 더 좋았어. 블로그를 하고 책을 내려고 노력하는 모습이 멋져 우리 엄마 작가라고 자랑했어. 진짜야!"

*'공무원 되는 게 얼마나 힘든지 알아? 뭐든 열심히 해야 원하는 직업을 가질 수 있어!'*라는 말로 아이를 들들 볶았던 때도 있었다. 하지만 지금은 그러지 않는다. 내가 좋아하는 일을 할 뿐이다. 돈이 나오지 않는 글을 쓴다고 노트북 앞에 오래 앉아 있는 나를 이상하게 여기는 게 아니라 멋지다고 말해 주는 아이 덕분에 무너진 자존감을 세운다. 혹여나 "엄마는 뭐 하시니?"라는 질문에 아이의 대답이 궁색해질까 걱정했는데 나만 잘하면 되겠다.

많은 이들이 그러했듯 균형은 이루기 쉽지 않았고 돌봄과 일은 자주 서로의 영역을 침범하며 부딪혔다. 하지만 부단히 애썼던 노력과 시간은 어디로도 도망가지 않았다. 우리 가족을 이어 주는 단단한 이음새로 또 다른 꿈을 꿀 수 있는 연료로 무한 활용되고 있음을 여실히 느끼고 있으니까. 스스로를 실패한 사람이라고 여기지 않으면 된다. 커리어, 꿈, 아름다움, 나 자신. 어느 시점을 지나면 또 다른 모습으로 마주할 수 있음을 믿으면 된다. 수많은 책의 주인공들이 그랬고, 내가 그랬으니 당연히 당신도 그럴 수 있다는 말을 하고 싶어 여기까지 왔다.

4

퇴사,
내 이야기로 채우고 싶어서

나는 공무원을 오래 할 마음이 없으니 정년까지 안정적으로 다닐 수 있다는 장점이 내게는 장점이 아니라고 우스갯소리로 말하고 다녔다. 물론 직장을 다니고 싶지 않아 하는 말이었지 특별한 계획이 있었던 것은 아니었다. 그런 내가 퇴사를 했다.

자기소개, 그게 시작이었다. 직업이 곧 나라고 할 만큼의 애정이 없었기에 직업 빼고 나를 설명하려면 어떤 사람이 되어야 하는가를 끝없이 생각했다. 사람들이 하는 말에 귀 기울여 보니 "너는 책을 좋아하잖아."와 "직장 다니면서 블로그도 하고 대단해."라는 말이 빠지지 않았다. 우쭐거리는 마음이 들거나 정말 대단하다는 생각은 하지 않았지만, 이것이 다른 사람과 다른 나의 특이점이구나 생각했다.

23년 봄, 여행 유튜버 원지를 알게 되었다. 뽀글뽀글 파마머리가 고장 난 안테나처럼 뻗친 상태 그대로 이불속에서 카메라를 켜는 모습이 이상하게 좋았다. 애호박과 가지만 깍둑 썰어 굴 소스에 볶아 맛있게 먹는 모습, 하루 종일 쉬고 있다가 은행 잠깐 다녀온 외출로 인해 하루를 버렸다고, 온전히 쉬지 못한 날이라 투덜거리는 모습도 좋았다. 왜 또 아침이냐며, 왜 벌써 저녁이냐며 자신을 한심하게 여기는 모습까지, 모든 것이 좋았다. 다른 유튜버가 그리했으면 돈 참 쉽게 번다고 비난했을 텐데 원지라 이해했다. 남들의 시선보다 자신의 에너지 레벨에 따라 움직이는 그녀가 이룬 것들을 먼저 보았기 때문인지도 모른다.

남들의 시선보다 자신의 에너지 레벨을 먼저 살피는 사람, 좋아하는 것을 선택하는 용기를 가진 사람, 그리고 그 삶을 감당할 수 있는 사람이 되고 싶어졌다.

퇴근 전과 퇴근 후 다른 삶을 사는 것처럼 보였겠지만 아예 다른 삶일 수는 없었다. 직장에 있을 땐 일에 집중하고 퇴근 후에는 전혀 다른 페르소나로 사는 것, 나는 그렇게 분리할 수 없었다. 퇴근 전후로 에너지를 나눠 쓸 만큼 열정적인 사람은 아니었기 때문이다. 일하면서 독서 모임, 글쓰기 모임을 운영하는 것이 활력을 주었지만, 한편으로는 만족스럽지 않았다.

조금 더 깊이를 더하면, 조금 발전시키면, 모집에 신경을 쓰면, 더 나은 무엇을 할 수 있을 것 같은데 그놈의 에너지 배분에 걸려 늘 그만그만한 수준에 그칠 수밖에 없었다. 회사에서 짬짬이 계획했던 일들을 퇴근하면 해야지, 휴가 때 날 잡아서 해야지 했지만 쌩쌩하다가도 퇴근 후 현관문을 여는 순간 피곤이 몰려왔다. 화장을 지우는 순간 잠이 걷잡을 수 없이 쏟아졌다. 나의 체력이, 한정된 에너지가 아쉬웠다. 집중해 보고 싶었다.

책을 좋아하는 내가, 블로그에 모든 기록을 빠짐없이 하는 내가 할 수 있는 일, 바로 책을 읽고 독서 모임을 하고 글을 쓰는 일이 나의 두 번째 업이 되었으면 했다. 나를 소개하는 말이 읽고 쓰는 일을 통해 삶을 이해하는 사람이 되었으면 했다. 책을 통해 누군가의 도전을 보고 과정을 지켜보며 나의 욕망을 발견했고 나를 시험했다. 이래도 괜찮은지, 나도 하고 싶은지, 무엇을 얻고 싶은지 스스로를 도마 위에 올려놓곤 했다. 내 삶을 온전히 느끼기 위해 노력했다. 내게 아픈 것이 무엇인지, 행복이 무엇인지 발견하는 일은 살아있다는 감각을 주었다.

블로그로, 독서로 크게 수익화를 이뤄 퇴사한 것은 아니다. 좋아하는 것만 하고 살 때의 비용과 편익을 계산하여 감당할 만한 수준인지 체크했고 나와 책의 힘을 믿었을 뿐이다. 독서 모임에서 가키야 미우의 《70세 사망법안, 가결》을 읽고

70세인 나에게 보내는 편지를 쓴 적이 있다. 70세인 나의 모습을 그려보니 화려한 자산가의 모습과는 거리가 멀었다. 근교에 집을 짓고 텃밭에 작물을 가꾸며 좋아하는 사람들과 삶의 지혜를 나누는 모습이 내가 원하는 70세의 모습이었다. 그것이 내가 꿈꾸는 삶이라면 공무원이라는 타이틀이 아까울 게 아니라 스쳐 지나가는 사람들과의 인연, 그리고 이야기를 아까워해야 하는 게 아닌가? 지금 그 삶을 살지 못하는 이유는 무엇인가? 고민했다.

두 번의 공무원 필기시험 합격 후에도 면접 후 탈락하는 불운을 겪었지만 결국 공무원이 됐으니까, 인플루언서 도전에 8번 떨어졌지만, 다시 도전해 9번째 합격했으니까, 출근이 싫어 천재지변만 간절히 원하던 내가 누구보다 직장인 체질이 되었으니까, 수많은 고민 끝에 결정한 퇴사도, 그 이후의 삶도 잘 살 수 있다는 자신이 생겼다.

삶을 살면 된다. 잘하든 못하든 내 삶의 길은 어디에든 있으니까.

5

생산자의 마음으로 본 독서와 글쓰기

퇴사하자마자 바쁜 일들을 처리하고 유료 연재를 시작했다. '누가 굳이 내 글을 돈 주고 보겠어?'라는 마음의 소리가 있었지만, 신청자가 없어도 어쩔 수 없다는 마음으로 구독 신청을 받았다. 감사하게도 나의 직장 생활, 퇴사에 대한 고민을 궁금해하는 분들 덕에 한글 문서 10포인트 기준, 평균 6페이지의 글을 주 2회 발행하게 되었다.

유료와 무료의 글은 어떤 차이가 있어야 할까?

다른 이의 글을 유료 구독한 경험이 있지만 크지 않은 금액이었기에 이 글이 그만한 가치가 있는지, 따지거나 불만을 가져본 적은 없었다. 글 쓰는 사람이 책정한 대로 지불하고 구독했을 뿐이다. 그런데 내가 글을 발행하려니 과연 합리적인 가격이란 무엇인지, 가치란 어떻게 매겨지는 것인지 고민이 되었다. 직장 생활, 그리고 퇴사에 대한 이야기가 차고 넘치는데 왜 나의 이야기를 돈 내고 봐야 할까? 하는 질문에 스스로 답할 수 있어야 했다.

회사 생활을 다룬 여타 매체에서 하지 않는 이야기, 나만이 할 수 있는 글을 쓰기 위해 치열하게 고민했다. 그리고 매회 피드백 문항을 넣어 구독자의 의견을 구했다. 좋지 않은 이야기가 있을까 조마조마했지만, 악평일수록 나의 글을 다듬는 기회로 삼을 수 있으니 오히려 좋다는 마음으로 설문 링크를 넣었다. 다행히 격려가 대부분이었고 구독자분들이 궁금해하는 이야기는 다음 연재에 최대한 반영하였다.

다른 이의 글을 읽을 때 늘 집중해서 읽지는 않았다. 휘리

릭 보고 눈에 들어오는 부분만 다시 살펴보는 정도였으니 나도 이렇게까지 마음을 써서 쓸 필요는 없다고도 생각했다. 하지만 글 쓰는 사람의 마음이 그렇다면 보는 사람도 알아차릴 것 같았다. 구독자의 돈, 만 오천 원이 대단해서가 아니다. 나를 믿고 시간과 돈을 내어 구독하는 마음에 보답하고 싶었기 때문에 쓸 수 있는 최선의 이야기를 찾아 몰입했다. 유료로 글을 써 보지 않았다면 몰랐을 마음이었다.

독서도 마찬가지였다. 이전엔 스트레스 해소를 위해, 내 마음의 위로와 안식을 얻기 위한 책을 주로 읽었다면 퇴사 후엔 남들과 다른 생각, 깊이 있는 사유를 위한 책을 찾게 되었다. 일종의 강박일지도 모르겠다. 꼭 그러지 않아도 되는데 무언가 다른 것을 생산하고 싶은 욕심이 관여된 선택일 것이다. 가만 쉬지 못하고 끊임없이 나를 증명하려는 내가 애처롭기도 했다.

하지만 나의 업이 국민에게 봉사하는 사람에서 읽고 쓰는 일을 통해 삶을 이해하도록 돕는 사람으로 변하는 중이라면 고민하고 애써야 한다고 생각했다. 내가 쓰고 있는 이 글이 대부분 이미 남들이 다 한 이야기일지라도 어느 한 단락만큼은 오직 나여서 할 수 있는 글을 쓰고 싶고, 많은 이들이 선택한 책일지라도 나여서 할 수 있는 질문을 던지고 함께 생각하는 일을 하고 싶다.

고수리 작가님을 참 좋아한다. 작가님의《선명한 사랑》에 작가님이 좋아하는 '볕뉘'라는 단어에 대한 설명이 나오는데 이 설명이 참 작가님을 닮아서, 그런 삶을 사는 마음이자 다짐 같아서 오래 머물렀다.

한겨울엔 나무들도 앙상해서 볕뉘를 만나기 힘들어요. 그렇지만 어딘가에는 조그마하게 햇볕이 비치는 때가 있더라고요. 골목과 골목 사이, 조금 열린 창문 틈, 깨진 담벼락 같은 곳들. 그늘진 자리마다 잠시나마 비치는 조그마한 볕들이 좋았어요. 그 자리들을 오래 지켜보다 보니 봄이구나 깨닫는 때가 있었어요. 봄이 되면 볕뉘가 머물던 틈마다 작은 풀이 돋아나요. 돌 틈에서 민들레가 피기도 하고요. 어쩐지 감동적이죠.

-《선명한 사랑》p250

어려운 단어 하나 없이 일부러 힘주고 쓴 글이 아님에도 작가님의 마음이, 섬세하고 따뜻한 마음이 그대로 전해지는 문장이었다. 예전에는 단순히 예쁜 문장을 쓰고 싶었다. 우리나라의 예쁜 고유어를 찾기도 하고 익숙하지 않은 의성어, 의태어를 검색해 보기도 했다. 그런데 이건 문장 연습으로 가능해지는 게 아니라 그렇게 살려는 노력, 그대로 삶이어야 함을 깨닫게 되었다. 내 삶이 어떤 단어로 표현될 수 있을지, 독자에게 어떤 가치를 전할 수 있을지 여전히 고민하는 단계이지만 그 또한 나의 삶이다.

나에게 닥치는 일상은 실체가 있는 어려운 문제의 연속이지만 책이 곁에 있어서, 책 속에 실제 삶을 살아낸 사람의 이야기가 있어서 때로는 추상적인 글의 힘을 여전히 믿는다. 좋은 작가님들의 글을 곁에 두고 그들의 삶이 글과 무관하지 않음을 멀리서 응원하며 나 역시 글과 삶이 일치하기를 노력한다. '별뉘' 같은 아름다운 단어를 쓰지는 못하겠지만 생각하는 대로 삶으로 증명하는 일을 계속하고 싶다.

6
때때로 외로운 것은 당연하다

아이 겨울 방학 추천 도서를 빌려와서 읽는데 내 생각이 났다며 예전 직장 동료가 그림책 사진을 카톡으로 전송했다. 곰과 바람의 속삭임이라는 제목의 연하고 순한 색감의 표지였다. 동료가 철학과를 나왔다는 사실을 안 이후부터 책과 철학을 주제로 종종 이야기를 나누곤 했다. 월요일 아침, 주말에 읽은 책의 감상을 말하는 게 거의 루틴이 되기도 했다. 동료는 말했다.

"읽고 보니 새로운 시작을 하는 여정같이 느껴지더라고. 그림 따뜻하지? 달콤한 곰의 일상에 한 가닥 바람이 불어와서 떠나자 하고 속삭이거든. 곰이 그길로 짐을 싸서 떠나며 외로움과 자유로움을 느끼며 결국엔 이르고자 하는 곳에 이르러."

"와, 보고 싶다. 외로움과 자유로움……. 그래 맞아!"

외로움과 자유로움이라는 키워드에 곧바로 반응했다. 동료는 퇴사 후 느끼는 내 외로움을 아는 것처럼 시기적절하게 연락을 준 것이다. 당장 책을 주문했다. 한 장 한 장 모두 공감이 됐다. 곰이 살던 예쁜 집, 그곳에서 친구들과 보낸 다정한 시간, 좋아하는 소파, 딸기 타르트 냄새 뭐 하나 나쁘지 않았던 것은 없었다. 단지 예전만큼이 아니었을 뿐이다. 새롭게 시작해 보자는 나뭇잎과 바람의 격려에 정확한 목적지 없이 떠나는 곰의 얼굴은 즐거워 보였지만 때론 외로움에 사무치기도 했다.

곰은 여행 중 토끼를 만나 즐거운 시간을 보내기도 했지만 길을 떠났고, 이내 혼란스러워졌다. 왜 그곳에 더 머무르지 않았을까 스스로 질문하기도 했다. 그러다 걱정이 몰려왔다.

하지만 곰은 걱정이 돼요

"어쩌면 처음부터 내 집을 떠나지 말았어야 하는 걸지도 몰라. 내가 끔찍한 실수를 저지른 거라면 어쩌지?"

-《곰과 바람의 속삭임》, 마리안느 뒤비크 글·그림

딱 나의 현재 감정과 생각이었다. 정확히 이런 독백을 하는 꿈을 꾸기도 했다. 퇴사라는 내 결정을 정말로 후회한 적은 없다. 그런데 자꾸 뒤를 돌아봤다. 동료들이 참 좋았는데, 상사들과 관계도 좋았는데, 모든 것이 보장되어 있었는데, 생각보다 월급도 많았던 건가? 모든 것이 아름답게만 기억됐다.

글쓰기 수업에서 퇴사 전엔 몰랐던 전업주부의 마음, 제대로 공감하지 못했던 친구에게 미안한 마음을 담은 짧은 글을 썼는데 수업을 진행했던 양다솔 작가가 말했다. 퇴사 후 타인의 마음을 먼저 돌보는 사람이라니 참 사려 깊은 사람이라고. 그런데 오래 일한 직장을 그만둔 본인의 마음도 타인의 마음을 돌보듯 돌보는 시간을 가져야 할 것 같다고 덧붙였다.

퇴사는 직장인의 꿈이니까 꿈을 이룬 입장에서 부정적 감정이 들면 안 된다고 생각했다. 내가 선택했으니 책임져야 한다는 생각에 다른 감정은 허용하지 않았다. 끔찍한 실수인지 아닌지는 이미 알고 있다. 하지만 아는 것과 별개로 감정은 달랐다. 조금은 후회하는 마음과 이전의 나를 그리워하는 마음 모두 인정하고 돌보기로 했다. 마음껏 그리워하고 애써 자유로운 척하지 않기로 했다.

뭐 어떠냐 말이다. 지금의 내 삶이 좋다는 말이 예전의 내 삶이 엉망이었다는 의미가 아닌 것처럼 지난 시간을 그리워한다고 지금의 삶이 하찮아지는 것도 아니다. 지금도, 예전도 모두 좋았던 순간이 있고 힘든 순간이 있다. 그대로 받아들이고 반응하면 된다.

그림책의 주인공 곰은 여행 중 비를 만나 전나무 아래에 숨는다. 비가 그친 후에도 한동안 나무 아래에서 웅크리고 있었다. 언제까지 숨어 있을 거냐는 생쥐의 말에 조심스럽게 밖으로 나온 곰은 새 친구 생쥐와 주변 적응을 시작한다. 곰의 새로운 터전이 이전에 살던 곳과 어떻게 다른지 무엇이 더 좋은지는 모르겠다. 이전의 집이 더 멋졌다고, 친구도 더 많았다고 할 사람이 있을 수도 있다. 하지만 익숙한 터전을 떠나 변화를 겪은 곰의 내면은 분명 이전과는 다르지 않을까? 언제든 새롭게 시작할 수 있는 자유를 얻었을지도. 나도 그렇다.

7

혼자서도 성장할 수 있을까?

직장을 다닐 땐 모든 것이 대견한 것이 됐다.

직장 다니면서 아이들 챙기기 힘들지?
직장 다니면서 책도 읽고 블로그도 하고 어떻게 그래?
사람들은 어떻게 그렇게 많이 만나? 에너지가 대단해

그런데 지금은 아이를 챙기는 것, 책을 읽고 블로그를 하고, 글을 쓰는 것들은 당연한 것이 되었다. 9시부터 6시까지 회사를 가지 않으니까. 8시간의 긴 시간이 생겼으니까. 그것을 자유롭게 하려고 퇴사를 한 것이니까. 대견하고, 대단하다는 소리를 듣고 싶은 것은 아니다. 그저 내가 할 수 있는 일, 해야 하는 일을 떠올리며 드는 생각들이다. 여러 기회비용을 치르고 얻은 시간을 잘 쓰고 싶은 마음에서 말이다.

시간을 잘 쓰는 것뿐만 아니라 생산성도 내야 한다. 아이들이 이전보다 더 행복하다 느낄 수 있게 마음을 돌보고, 유료로 모임을 운영하는 만큼 더 좋은 것을 제공해야 한다. 그런데 내가 생산할 수 있는 좋은 것이란 어디에서 올까? 내 안에서 언제까지 좋은 것이 흘러넘칠 수 있을까? 이제 내가 가진 것의 바닥이 보이는데……. 직장을 다니면서 받았던 스트레스, 출퇴근길에서 스쳐 지나는 사람들을 통해 보았던 트렌드, 동료들과 나누는 대화를 통한 알아차림 등 당연한 일상이 모두 하나의 자극이었음을 퇴사 후에야 알게 됐다. 그리고 그 모든 자극이 이제 끝났다는 생각이 들었다.

'성장하고 싶다.'

'이전처럼 좋은 자극에 노출되고 싶다.'

생각지 못한 우울감에 빠져들 때쯤 내가 좋아하는 다른 방향의 일에 집중해 보기로 했다. 경제 스터디를 만들어 함께 공부하는 일이다. 경제라는 키워드로 모이긴 했지만, 다양한 직업의 스터디원들이 모였다. 신기하게 관심 분야도 조금씩 모두 달랐다. 전문적인 투자 목적의 경제 스터디였다면 관심이 분산되어 효율성이 떨어진다고 생각했을지도 모른다. 하지만 나는 다양성이 좋았다. 당장 지금은 성과를 낼 수 없겠지만 서로의 관심이 좋은 영향을 주고 있다 믿었기 때문이다.

신수정 님의 《커넥팅》에서는 어떤 위치에 있는 자신을 워커로 규정하기보다 플레이어로 규정하라고 말한다. 프로 선수들이 팀에 소속되어 있을 때 소속 팀을 위해 최선을 다하지만, 그곳에 영원히 속하지 않고 자신의 가치와 개성을 다지는 것처럼 말이다. 나도 직장인, 퇴사자라는 프레임에서 벗어나 플레이어로 살기로 다짐한다. 운영하는 모임에서 역량을 발하되 가치를 높이기 위해 훈련장을 찾기를 주저하지 않아야 한다. 훈련장은 또 다른 배움의 장이 될 수도, 새로운 시작일 수도, 실패의 경험일 수도 있다.

독서 모임을 다각화하는 것이 나의 성장에, 수익화에 더 좋을 수 있지만 내가 좋아하는 일은 독서 모임뿐만이 아니다. 나는 다른 관심사의 사람들을 많이 만나고 싶기에 독서 모임의 다각화는 2순위로 하고 경제 공부도 마음을 썼다. 비록 경제 스터디는 나도 스터디원도 모두 초보이지만, 초보이기에 성장하고자 하는 욕구가 더 컸다. 지금 겪는 나의 시행착오와 노력은 뻘짓이 아니라 나에 대한 투자라고 믿는다. 당장의 손익 계산으로는 앞이 보이지 않을지 몰라도 지금의 시간이 쌓여 성장할 나를 기대할 수 있다.

도서 인플루언서라는 단어로 나 자신을 평가하고 한정 짓지 않으려 한다. 나 스스로 동기를 부여하며 규칙을 만들어 주도권을 가지고 모임을 운영하고 싶다. 나보다 더 잘 알고 있는 사람에게 언제든 리더의 자리를 넘기며 배우고 싶다. 하지만 모임의 운영자로서 책임질 수 있는 모든 것을 든든하게 맡고 싶다. 그것이 곧 내 삶을 책임지는 일이라 믿으니까 말이다.

혼자서 성장하기는 어렵다. 특히 조직에 익숙했던 사람, 회사에서 제공하던 인프라가 당연했던 나 같은 사람은 뭐든 혼자 구축해야 하는 상황이 쉽지 않다. 하지만 달리 말하면 이전의 경험을 떠올려 하나씩 비슷하게 꾸려 나가면 된다. 회사가 배치하는 대로가 아닌 내가 원하는 사람과 나를 필요로 하는 사람들과 함께 일할 수 있다. 배울 점이 있는 사람을 찾아가 가르침을 얻을 수도 있다. 단, 겸손한 자세로 내가 먼저 움직여야 한다. 겸손함과 적극성을 가지고 움직인다면 언제든 어디서든 어떤 상황이든 성장할 수 있다.

8

삶의 다양성을 인정해야 내 삶의 주인이 된다

'나라면 저러지 않을 텐데.'

일하다 보면 모두 내 마음 같지 않음을 종종 느낀다. 당연한 다름이라고 생각하면서도 나라면, 만약 내가 했다면, 하는 한탄을 반복하기도 한다. 하지만 정말 내 방식대로 하는 것이 답이었을까? 그렇다면 왜 처음부터 나에게 전권을 주지 않았을까? '다름'에서 발생하는 가치와 효율성이 있기 때문이다. 서로 다른 의견이 부딪치며 결론을 이끄는 과정 자체가 때로는 배움이기 때문이다.

직접 경험을 통해 깨닫는 과정은 의미 있지만, 성숙하게 반응하지 못해 상처를 동반할 때가 많다. 반면 책에서 만나는 유사한 상황 속의 이야기는 내 일이 아니기에 한결 편안하게 다가온다. 장류진 작가의 《일의 기쁨과 슬픔》이 그랬다. 같은 일을 하고도 남편과 연봉은 천 삼십만 원 차이가 난다며 하는 일과 월급을 정확히 셈하는 주인공과 자신의 현재 상황과 감정에만 충실한 눈치 없는 빛나 언니와의 갈등을 보며 나는 정확히 주인공에게 몰입했다. 다른 단편에서는 제 앞가림도 못하면서 프랑스 귀족 강아지를 데려오는 인물을 보며 제발 효율적으로 살아보라고 소리치는 주인공의 대사를 함께 내질렀다. 그런데 한편으로 실제 내 삶이 아니기에 주인공이 아닌 빌런이라고 생각되는 상대방의 입장도 생각해 보게 된다. 혹시 내가 빌런인 것은 아닐까? 하는 걱정도 하면서 말이다.

주인공의 관점에서 책을 읽다 시선을 옮겨 다른 인물에 나를 대입해도 이질감이 없을 때가 있다. 완전히 다른 인물 같지만 인간의 욕망, 생각이 유사한 면이 있고 모순적이지만 많은 경우 상반된 마음을 품고 살 때가 많기 때문이다.

다른 삶을 살지만 크게 다르지 않은 본성을 알아차리는 과정에 도움이 되는 것은 경험, 즉 이야기다. 김연수 작가가 한 매체에서 읽는 행위가 중요한 이유는 '다른 사람의 이야기'를 통해 자아가 확장될 수 있기 때문이라고 인터뷰한 것을 봤다. 나 역시 책을 통해 수십 명의 자아로 다시 태어나는 삶을 반복하며 확장한다. 그리고 그런 경험과 생각을 기록한다.

블로그에 책 리뷰를 처음 시작했을 때 나의 감상 한 줄을 쓰기 위해 다른 이가 쓴 리뷰 10개 이상을 읽었다. 이렇게 써도 될지, 이런 느낌을 받은 게 혹시 나뿐인지, 내가 영 엉뚱한 방향의 글을 쓰게 될까 걱정이 됐기 때문이다. 그런데 이제 다르기를 두려워하지 않는다. 발전하기 위해, 더 알고 싶은 마음으로 찾아볼지언정 같은 감상을 쓰기 위해 검색하지 않는다. 이런 사람도 있으니, 혹시 다른 마음이라면 가능성을 하나 추가해 주기를 바라는 마음으로 나의 이야기를 쓴다.

엉터리 해석, 자의식으로 가득한 암호문 같은 부끄러운 리뷰가 여전히 많아 당장 정리하고 싶은 마음도 늘 함께한다. 하지만 이제 책을 읽기 시작한 사람, 혹여나 나와 비슷한 수준의 사람에게 나 같은 사람도 있다고 안도하는 마음을 선물하고 싶어 그냥 두고 만다. 미혹한 생각과 글로 저자의 생각을 왜곡할까 죄송스러운 마음도 있지만 독자의 감상을 너그러이 이해해 주시리라 마음으로 빌고 있다.

도서 인플루언서라면서 책 이외에 잡다한 이야기를 블로그에 함께 쓰고 있는 것에 대한 고민도 있다. 하지만 독서의 시작이 인생의 저마다 다른 이야기에 대한 관심에서 비롯되었기에 그 또한 나의 목적이라며 계속하고 있다.

누군가는 여행을 통해 삶의 가능성, 다양성을 발견할 것이고, 누군가는 음식을 통해서 감각을 깨울 수도 있다. 과학의 증명을 통하여 복잡성을 명쾌하게 해결해 가는 사람도 있을 것이다. 우리는 모두 다르다. 그런 '다름' 덕분에 나의 역할이 생겼다고 믿는다. 내가 책을 택하고 다른 삶을 발견하는 재미를 얻었듯 누구나 자신만의 시선을 통해 또 다른 '이야기'를 찾기를 바란다. 주도적인 삶이란 내가 발견한 나의 '다른 이야기'를 믿고 지지하는 삶이 아닐까 싶다.